구운몽

한겨레 옛이야기 · 30

구운몽

© 신동흔, 김종민 2007

초판 1쇄 발행 2007년 7월 11일 | **4쇄 발행** 2024년 10월 22일

지은이 신동흔 | **그린이** 김종민
펴낸이 이상훈 | **편집** 한겨레아이들 | **디자인** 달·리 크리에이티브
마케팅 김한성 조재성 박신영 김효진 김애린 오민정

펴낸곳 (주)한겨레엔 www.hanibook.co.kr | **주소** 서울시 마포구 창전로 70(신수동) 화수목빌딩 5층
전화 02-6383-1602~3 | **팩스** 02-6383-1610 | **출판등록** 2006년 1월 4일 제313-2006-00003호

ISBN 979-11-7213-145-6 73810

구운몽

신동흔 글 · 김종민 그림

한겨레아이들

차례

돌다리의 여덟 선녀 • 8

연희봉을 쫓겨나 흐린 땅으로 • 18

버드나무 가지에 새긴 약속 • 28

새로운 길을 떠나니 새로운 사람을 만나고 • 41

좋은 인연을 찾아 대갓집에 숨어들다 • 50

또 하나의 좋은 인연 • 59

오랑캐를 치고 돌아오는 길에 • 69

인연은 얽히고 또 얽히고 • 76

동정호 용궁과 형산에 대한 기억 • 86

정체를 알기 힘든 아름다운 여인 • 96

모든 인연이 한자리에 모이다 • 105

부귀영화가 높은데 쓸쓸함이 밀려오네 • 116

어느 것이 꿈이고 어느 것이 꿈이 아닐까 • 121

해설 · 덧없는 꿈? 아니, 아름답고 충만한 꿈! • 130

구
운
몽

돌
다
리
의
여
덟
선
녀

옛날, 먼 옛날의 일이에요.

세상에 널리 이름난 다섯 개의 큰 산이 있었습니다. 동쪽에 태산,
서쪽에 화산이 있고, 남쪽에 형산, 북쪽에 항산이 있었지요. 가운데
있는 산은 숭산이라 불렀어요.

다섯 산 가운데 남쪽의 형산이 홀로 멀리 떨어져 있었습니다. 형산
의 봉우리는 일흔 개가 넘는데 모두 구름을 뚫고 솟아 있었지요.

산 한편에는 동정호 넓은 호수가 잇닿아 있고, 소상강 맑은 강물이 산을 감돌고 흘렀습니다. 우뚝 솟은 산과 맑은 물이 하얀 안개와 어울려 별세계*를 이루고 있었지요.

형산의 수많은 봉우리 가운데 연화봉이 있었어요. 막 피어나는 연꽃 봉오리 모양을 하고 있어서 연화봉이라 했지요.

연화봉 기슭에는 한 스님이 살고 있었습니다. 머나먼 천축국에서 온 육관대사였어요. 스님은 자그마한 초가집을 암자*로 삼아 부처님의 가르침을 전했지요. 가르치는 뜻이 깊어서 듣는 사람들마다 고개를 끄덕이며 감탄했습니다.

육관대사에 대한 소문이 퍼지자 제자들이 하나둘씩 모이기 시작했어요. 그렇게 모인 제자가 육백 명이 넘었지요. 성진도 그 가운데 하나였습니다. 나이가 스물인데, 백옥처럼 수려한 용모에 마음이 티 없이 맑았지요. 머리도 영리해서 스승의 가르침을 잘 알아들었습니다. 육관대사는 은근히 성진을 자기 후계자로 점찍어

*별세계 : 특별히 경치가 좋거나 분위기가 좋은 곳.
*암자 : 큰 절에 딸린 작은 절, 또는 도를 닦기 위해 만든 작은 집.

놓고 있었어요.

어느 날 아침 육관대사가 제자들을 모아 놓고 말했습니다.

"동정호 용왕이 자주 여기를 찾아와 부처님의 가르침을 들으니 고마운 일이다. 누가 용궁에 찾아가서 감사 인사를 전해 주면 좋겠구나."

그러자 성진이 선뜻 자기가 가겠노라고 나섰어요. 육관대사는 미소를 지으며 허락했지요.

성진은 곧바로 길을 떠나서 동정호에 이르렀습니다. 호수의 유리 같은 물결이 햇빛에 반짝이고 있었지요. 성진은 가만히 손을 들어 물을 가리켰습니다. 그러자 물이 양쪽으로 쑥 갈라지며 길이 생겨났어요.

성진은 물 사이로 성큼 걸어 들어가 용궁 앞에 이르렀습니다. 수정과 비취로 장식된 용궁은 무척 호화롭고 아름다웠지요. 동정호 용왕은 신하들을 이끌고 궁궐 문 앞까지 나와 성진을 맞이했어요.

용궁에는 손님을 맞이하는 큰 잔치가 베풀어졌습니다. 커다란 상에 진귀한 음식이 가득했지요. 성진이 살펴보니 열에 아홉은 처음 보는 것들이었어요.

용왕이 잔에 술을 따라 성진한테 주면서 말했습니다.

"자, 이걸 한 잔 맛보세요. 아주 귀한 것이랍니다."

성진은 깜짝 놀라서 손사래를 쳤지요.

"아니에요. 마실 수 없습니다. 술을 마시면 마음이 흐트러져 공부에 방해가 됩니다."

그러자 용왕이 껄껄 웃으며 말했어요.

"부처님 제자들이 술을 마시지 않는 것은 나도 잘 알아요. 하지만 이 술은 바깥세상 것과 다르답니다. 마음을 깨끗하게 씻어 주지요. 내 성의를 봐서 한 잔 들어 보아요."

성진이 사양해도 용왕은 자꾸만 술잔을 내밀며 받으라고 권했어요. 성진은 마지못해 술잔을 받아 살짝 들이켰지요. 입 안에 짜릿한 기운이 퍼지는데 정말로 마음이 상쾌해지는 것 같았어요.

그럭저럭 성진은 술을 석 잔이나 받아 마셨습니다.

성진이 동정호를 떠나 연화봉으로 돌아올 때였어요. 용궁에서 마신 술 때문인지 얼굴이 발그레 달아오르며 눈앞이 어른어른했습니다.

"이대로 돌아가면 스승님한테 혼이 날 거야. 정신을 좀 차려야

겠어."

성진은 길 아래 냇가로 내려가 맑은 물로 얼굴을 씻기 시작했어요. 한창 얼굴에 물을 끼얹던 성진은 갑자기 손길을 멈추고 고개를 갸웃했습니다.

"흠, 이게 무슨 냄새지?"

어디로부턴가 물결을 따라 낯선 향기가 흘러오고 있었어요. 향내가 어찌나 황홀한지 성진의 마음이 자기도 모르게 산들산들 흔들렸지요.

성진은 향기를 따라 시냇물을 거슬러 올라갔어요. 향기가 짙어질수록 마음이 점점 더 황홀해졌지요.

바삐 발걸음을 옮기던 성진은 한 자리에 딱 멈추어 섰어요.

'저이들은……'

시냇물 위에 둥글게 솟아오른 돌다리가 있었지요. 그 위에 낯선 사람들이 모여 있었어요. 화사한 날개옷을 차려입은 아름다운 여인들이었습니다. 누구는 다리 가운데 서고 누구는 구름무늬 난간에 걸터앉은 채, 옥구슬 같은 낭랑한 목소리로 이야기를 나누고 있었지요. 향기는 그들로부터 풍겨 온 것이었어요.

"하나, 둘, 셋, 넷……."

모두 여덟 명이었습니다. 붉은 입술을 열고 재잘거리다가 웃음을 터뜨리는데, 그 모습이 어찌나 화사한지 성진은 눈길을 뗄 수가 없었어요.

이들이 누군가 하면 위부인이라는 큰 선녀를 모시고 있는 젊은 선녀들이었어요. 위부인 심부름으로 육관대사를 만나고 돌아가는 길에 아름다운 경치를 즐기던 참이었지요. 성진이 다가와 바라보고 있는 건 까맣게 몰랐어요.

성진은 살짝 미소를 짓더니 옷매무새를 가다듬고 돌다리를 향해 성큼성큼 다가갔습니다. 성진이 갑자기 나타나자 선녀들의 눈이 동그래졌지요. 성진은 두 손을 모아 선녀들에게 공손히 인사를 한 다음 낭랑한 소리로 말을 건넸어요.

"저는 연화봉 육관대사의 제자 성진이랍니다. 동정호 용왕을 뵙고 절로 돌아가는 길이지요. 뜻밖에도 다리에 어여쁜 선녀님들이 계시니 지나갈 수가 없네요. 연꽃 같은 발걸음을 사뿐 옮기어 잠깐만 길을 빌려 주세요."

서로를 바라보는 선녀들의 얼굴에 은근한 미소가 피어났어요. 한 선녀가 얼굴에 웃음을 띤 채로 말했습니다.

"이 다리는 우리가 먼저 차지한걸요. 다른 길을 알아보세요."

"냇물이 깊고 다른 길이 없는데 어찌하라는 말씀인지요?"

선녀가 눈을 찡긋하고서 놀리는 듯한 목소리로 말했어요.

"옛날에 달마대사는 갈대 잎을 타고 바다를 건넜다 들었어요. 부처님 제자라면 신통력이 있을 텐데 이깟 냇물 하나 못 건너고 아낙네들과 길을 다툰단 말이에요?"

그러자 성진이 생긋이 미소를 지으며 말했어요.

"이제 보니 길 값을 받으려 하시는군요. 원하면 드릴 수밖에요."

성진은 길옆에 피어 있는 복숭아 꽃가지 하나를 뚝 꺾어서 선녀들을 향해 훌쩍 던졌습니다. 그러자 꽃송이 송이들이 맑은 구슬로 변하여 쟁그랑쟁그랑 소리를 내며 다리 위로 데굴데굴 굴러 갔어요. 선녀들은 구슬을 하나씩 줍더니 성진에게 어여쁜 미소를 보내 주었지요.

"자, 이제 가야지."

"그래."

선녀들은 훌쩍 몸을 솟구쳐 맑은 바람을 타고 하늘로 훨훨 날아올랐습니다.

성진은 돌다리에 서서 푸른 하늘을 하염없이 바라보았어요. 바람이
사라지고 구름이 다 흩어질 때까지 꿈쩍 않고 그린 듯 서 있었지요.
마치 온몸에서 넋이 다 나가 버린 사람 같았습니다.

연화봉을 쫓겨나 흐린 땅으로

"어찌 이리 늦었단 말이냐?"

육관대사의 꾸지람에 성진은 얼굴이 사과처럼 빨개졌어요.

"용왕이 잔치를 베풀어 붙잡으시는 바람에⋯⋯."

대사는 엄한 표정으로 말없이 성진의 얼굴을 바라보더니 안으로 들어가서 쉬게 했습니다.

성진은 그날 있었던 일들이 꿈만 같았습니다. 돌다리 위에서 여덟 선녀를 만난 일을 생각하면 자기도 모르게 가슴이 부풀어 올랐지요. 붉은 입술을 살짝 벌리며 낭랑하게 웃던 선녀들의 모습이 눈앞에 아른아른했습니다. 생각하지 않으려 해도 자꾸만 생각났지요. 가슴이 방망이질하듯 쿵쿵 뛰는가 하면, 마음이 온통 텅 빈 것처럼 허전하기도 했습니다.

성진은 길게 한숨을 내쉬고 저도 모르게 한탄했어요.

"아, 내가 살아가는 모습은 참 쓸쓸하기도 해. 남자로 태어났으면 글공부를 하고 넓은 세상에 나가 크게 이름을 떨쳐야 하는 법인데, 이 깊은 산속에 틀어박혀 살아야 하다니. 평생 동안 사랑도 못하고 결혼도 못한다는 건 참 가슴 아픈 일이야. 이렇게 쓸쓸히 살다가 깨달음을 얻은들 누가 알아주겠어? 또 알아준들 무슨 소용이 있겠어?"

그렇게 한참 푸념을 하던 성진은 머리를 세차게 흔들었어요.

"아니야. 내가 지금 무슨 생각을 하고 있는 거지? 십 년 동안 깨끗한 마음으로 수행을 해 왔는데 이렇게 나쁜 마음을 먹다니! 이래선 안 돼. 정신을 똑바로 차려야 해."

성진은 애써 마음을 다잡고 방석 위에 단정히 앉아 부처님 말씀을 외기 시작했어요.

그때 심부름을 하는 동자가 와서 성진을 불렀습니다. 대사님이 찾는다는 것이었어요.

'이 밤중에 나를 찾으시다니 웬일일까?'

성진은 급히 발걸음을 옮겨 스승님이 계신 곳으로 향했습니다. 육관대사는 모든 제자들을 한자리에 모아 놓고 엄숙한 표정으로 성진을 기다리고 있었어요. 성진은 눈이 둥그레졌지요.

"성진아! 네 죄를 아느냐?"

육관대사의 호통에 성진은 땅바닥에 털썩 엎드렸어요.

"스승님, 제가 스승님을 모신 지 십 년이 되었지만 도리에 어긋난 일을 하지 않았습니다. 무슨 죄를 지었는지 알지 못하겠습니다."

"부처님의 제자는 몸과 말과 마음을 바로 해야 하는 법이다. 너는 용궁에서 술을 마셔 취하였고, 돌다리에서 여인들과 말을 주고받았으며, 방에 들어가서 부처님 제자 되는 일이 쓸쓸하다고 한탄했다. 몸과 말과 마음을 한꺼번에 저버렸으니 어찌 죄가 아니겠느냐?"

그렇게 성진을 꾸짖은 육관대사는 날벼락 같은 말을 꺼냈어요.

"너는 더 이상 이곳에 머물 수 없다."

성진이 깜짝 놀라 울먹이면서 말했지요.

"스승님, 제가 과연 죄를 지었습니다. 하지만 제 말씀을 들어 주세요. 술을 마신 건 용왕이 억지로 권해서였습니다. 선녀들과 말을 나눈 것은 길을 빌리기 위해서였지요. 선방*에서 잠시 나쁜 생각을 했지만 곧 돌이켜 마음을 바로잡았습니다. 만약 저한테 죄가 있다면 호되게 종아리를 쳐서 혼내실 일이지 여기서 내쫓으려 하시다니요. 그동안 스승님을 아버지로 여기고 살아왔는데 여기를 떠나 어디로 가라는 말씀입니까?"

성진이 흐느끼며 하소연했지만 육관대사의 뜻은 변함이 없었습니다.

"네가 스스로 가고자 하니 가게 하는 것이다. 네가 진정으로 여기에 머물려 한다면 누가 너를 가게 하겠느냐? 또 네가 어디로 가라 하느냐고 말하지만, 네가 가고자 하는 곳이 바로 너의 갈 곳이다."

대사는 주위를 돌아보며 큰 소리로 말했어요.

"황건역사는 어디 있느냐? 어서 죄인을 데리고 저승으로 가 염라대왕한테 넘겨주거라."

* 선방 : 참선하는 방.

21

.22

그러자 험상궂은 모습을 한 황건역사가 훌쩍 나타나 성진을 휙 낚아챘어요. 성진이 울며불며 스승님을 불러 보았지만 아무 소용이 없었습니다. 뜻 모를 가르침 한마디뿐이었지요.

　"맑은 바탕을 잊지 않으면 흐린 세상 속에서도 이치를 깨달을 수 있는 법이다. 네가 진실로 돌아올 마음을 갖게 되면 내가 데리러 갈 게야."

　성진은 스승님의 말씀을 꿈결처럼 들으며 황건역사에게 이끌려 어둠 속으로 사라졌습니다.

　잠시 뒤, 저승의 염라대왕이 고민에 빠졌습니다. 성진을 어떻게 처리하는 게 좋을지 생각이 나질 않았습니다. 한참 고민하던 염라대왕은 여러 보살들한테 방법을 물었지요. 그러자 지장보살이 나서서 말했습니다.

　"부처님의 도를 닦는 사람들은 그가 원하는 곳으로 보내는 법이랍니다."

　염라대왕이 고개를 끄덕이며 무언가 명령을 내리려 하는데 졸개가 들어와 말했습니다.

"대왕님, 또 다른 죄인 여덟 명이 잡혀 왔습니다."

그 사람들은 위부인을 모시는 선녀들이었습니다. 돌다리에서 성진을 만났던 여덟 선녀들이었지요. 수행 중인 스님을 희롱한 죄로 그곳에 잡혀 온 것이었어요.

"염라대왕님, 부디 자비를 베푸시어 저희를 좋은 땅에 태어나게 해 주세요."

염라대왕은 고개를 몇 번 끄덕이더니 아홉 명의 저승사자를 불러 모았습니다. 그리고 아홉 명의 죄인을 인간 세상에 다시 태어나게 하라고 명령했습니다. 명령을 받은 사자들은 저마다 한 사람씩 이끌고 어둠 속으로 흩어졌지요.

성진은 저승사자에게 이끌린 채 어디론가 한없이 날아갔습니다. 그러다가 문득 발이 땅에 닿았지요. 정신을 가다듬고 살펴보니 작은 마을이 보였어요. 사방이 푸른 산에 둘러싸여 있고 한 옆으로 계곡 물이 흐르고 있었지요. 대나무로 울타리를 한 초가집들이 모여 마을을 이루고 있었습니다.

저승사자는 성진을 이끌고 마을로 들어가더니 어느 집 앞에 멈추어 섰어요.

"이곳이 앞으로 네가 살 곳이다. 너의 아버지는 양처사*이고 어머니는 유씨 부인이지. 때가 됐으니 어서 들어가라."

성진이 대문 너머로 안을 들여다보니 한 선비가 집 안에 앉아 있고, 어디선가 여인이 신음하는 소리가 들려왔어요. 성진이 왠지 들어가기 싫어서 머뭇거리는데 저승사자가 뒤에서 성진의 등을 힘껏 떠밀었어요. 성진은 마당 안으로 털썩 고꾸라지고 말았지요. 하늘과 땅이 온통 뒤집히는 것 같았어요.

"사람 살려!"

성진은 젖 먹던 힘을 다해 커다랗게 소리쳤어요. 하지만 목구멍에서 나온 것은 아기 울음소리였지요.

"으앙, 으앙! 으아앙!"

그때 산모 옆에서 아기를 받던 노파가 기뻐하며 소리쳤어요.

"됐어요. 아들이군요. 울음소리 한번 힘차네요."

양처사가 다가와 유부인의 손을 잡으며 말했어요.

"고생 많았어요. 우리가 나이 오십에 첫 자식을 얻었으니 그것만

* 처사 : 예전에, 벼슬을 하지 않고 시골에 묻혀 살던 선비.

해도 큰 복인데, 아이가 참으로 잘생겼습니다그려."

유부인은 살짝 눈길을 돌려 아기를 바라보며 기쁨의 미소를 지었습니다.

이렇게 세상에 다시 태어난 성진은 배가 고프면 울고, 젖을 먹으면 잠을 자면서 하루하루를 보냈습니다. 처음에는 연화봉 일이 또렷했는데, 날이 흐르면서 기억이 흐릿해지기 시작했지요. 두세 살이 되자 옛일을 까맣게 잊어버리고 말았습니다.

그 사이에 새 이름이 주어졌습니다. 양소유라고 했지요.

성진은 이렇게 양소유로 새롭게 태어났습니다.

버드나무 가지에 새긴 약속

    세월은 물처럼 흘러 양소유의 나이가 열두 살이 되었습니다. 소유는 용모가 옥으로 깎은 것처럼 빼어난 데다 총명하기가 비할 데 없었어요. 하나를 배우면 열을 깨우쳤지요. 사람들은 시골에 신동*이 났다며 침이 마르도록 소유를 칭찬했습니다.

* 신동 : 재주와 슬기가 남달리 특출한 아이.

.28

그러던 어느 날이었어요. 소유의 아버지 양처사가 부인한테 이상한 말을 했습니다.

"부인, 나는 원래 인간 세상 사람이 아니라오. 신선들과 살다가 잠깐 부인과 인연이 닿았지요. 이제 본래 있던 곳으로 돌아갈 때가 됐어요. 소유가 많이 컸으니 서로 의지해서 잘 살도록 해요."

그때 이미 집 안에는 신선과 도사들이 흰 사슴과 푸른 학을 타고 가득 들어와 있었습니다. 양처사는 푸른 학 한 마리를 잡아타더니 도사들과 함께 공중으로 날아올랐지요.

그 뒤로 양처사의 모습을 본 사람은 아무도 없었습니다.

양처사가 갑자기 세상을 뜨자 소유와 유부인은 매우 슬펐습니다. 하지만 두 사람은 애써 마음을 다잡고 서로 의지하며 열심히 살아갔습니다. 소유는 더 부지런히 공부에 매달렸지요. 열다섯 살이 되자 소유는 세상의 훌륭한 글을 다 깨우쳐 더 배울 게 없을 정도가 되었습니다.

어느 날 소유가 어머니에게 말했습니다.

"아버지께서 돌아가신 뒤로 가난한 살림에 어머니 고생이 너무 큽니다. 제가 이렇게 집만 지키고 있을 수는 없지요. 마침 서울에서 과거를 베풀어 나랏일을 맡을 인재를 구한다고 하니 잠시 어머니 곁을 떠나 서울에 다녀올까 합니다.”

유부인은 아들을 보내고 혼자 지낼 일을 생각하니 막막하기만 했어요. 하지만 아들을 무작정 붙잡아 둘 수는 없었지요. 소유의 눈빛에는 벌써 단단한 결심이 서려 있었습니다.

“오냐. 내 걱정은 하지 말고 잘 다녀오너라.”

어머니는 그간 남몰래 모아 두었던 돈을 꺼내어 나귀 한 필을 사고 심부름꾼 아이를 구해서 소유를 서울로 떠나보냈습니다.

소유는 경치를 구경하면서 천천히 나귀를 몰아 서울로 향했습니다.

어느 날 소유는 화음이라는 마을에 이르렀습니다. 경치가 아주 아름다운 곳이었지요. 누각을 둘러싸고 펼쳐진 버드나무 숲이 유난히 소유의 눈길을 끌었습니다. 실처럼 흘러내린 버드나무 푸른 가지가 누각을 뒤로 한 채 바람결에 나부끼는 모습이 마치 한 폭의 그림 같았습니다.

“고향에도 아름다운 나무들이 많지만 이런 버들은 처음이야.”

소유는 버드나무를 바라보며 시를 지어서 읊기 시작했습니다.

푸르른 버드나무, 마치 베를 짠 듯
그림 같은 누각에 긴 가지 드리웠네
바라나니, 그대 부지런히 심어 주어요
이 나무 멋지기가 세상에 으뜸이에요

버들은 어찌 이리도 푸르고 또 푸른지
비단 들보에 길게 드리운 저 가지들
바라나니, 그대 이 가지 꺾지 말아요
이 나무 정답기가 세상에 으뜸이에요

　소유가 시를 읊는데 그 소리가 어찌나 맑고 그윽한지 마치 옥에서
나는 소리 같았습니다. 그 목소리는 바람결에 실려서 누각으로
날아올랐지요.
　그때 마침 누각에는 어여쁜 소녀 하나가 봄기운에 젖어 깜빡 잠들
어 있었습니다. 소녀는 바람결에 흘러온 소유의 목소리를 듣고 깜짝
놀라 잠에서 깨었지요. 소녀는 창문을 열고 난간에 기대어 바깥을
보았어요.

마침 소유가 누각을 바라보고 있던 때여서 두 사람의 눈길이 딱 마주쳤습니다.

"아!"

소유는 돌이 된 것처럼 몸짓을 멈추었습니다. 그처럼 아름다운 여인은 처음이었지요. 구름 같은 머리가 귀밑까지 흘러내리고 살결이 눈처럼 흰데, 아직 봄잠이 덜 깨어 조는 듯한 모습이 참으로 황홀했습니다. 세상 어느 것도 그보다 아름다울 수 없을 것 같았습니다.

놀란 것은 소녀 또한 마찬가지였어요. 아름다운 시를 읊던 소년의 수려한 모습에 눈을 뗄 수가 없었지요.

그렇게 두 사람이 서로를 말없이 바라보고 있는데 심부름하는 아이가 다가와서 소유에게 저녁 준비가 되었다고 말했습니다. 소녀는 창문을 닫고 안으로 들어갔지요. 소유는 할 수 없이 발걸음을 돌려 여관으로 향했습니다.

양소유의 마음은 구름에 오른 듯 두둥실 들떠 있었습니다. 마음이 온통 누각에서 본 소녀의 모습으로 꽉 차 있었지요. 하지만 소녀와 다시 만날 길은 아득하기만 했습니다.

소유가 저녁을 먹고 나서 마당을 서성거릴 때였어요. 낯선 여종[*]이 여관으로 와서 사람을 찾았어요.

"혹시 여기 버드나무 숲에서 시를 읊던 도령님이 계신지요?"

소유가 이상하게 생각하며 나서서 말했지요.

"내가 버드나무 숲에서 시 두 편을 지어 읊었답니다. 무슨 일인가요?"

"시를 읊을 때 혹시 누구를 보지 않으셨나요?"

"누각에 아름다운 아가씨가 나와 있었지요. 선녀 같은 아름다운 모습이 지금도 눈에 선하답니다."

여종이 웃으며 말했어요.

"그분이 우리 아씨랍니다. 진어사 어른의 따님 채봉 아씨지요. 아씨가 선비님을 한 번 보고는 마음을 빼앗기고 말았답니다. 이 편지를 전해 드리라 하셨어요."

소유는 여종이 전해 준 편지를 받아서 읽어 보았습니다. 편지에는 채봉이 지은 시가 적혀 있었지요.

* 여종 : 여자인 종.

누각 앞에 푸른 버들을 심었지요
낭군의 말을 매어 머물게 하려 했더니
어찌하여 가지를 꺾어 채찍으로 삼아
그리 급히 먼 길을 떠나려 하시는지요

소유가 시를 읽고 감탄했어요.
'예로부터 뛰어난 시인이 많았다지만, 이런 절묘한 표현은 보기 힘들어. 그 아름다운 소녀가 이런 재주를 가지고 있다니!'
소유는 얼른 종이를 꺼내 시를 한 수 지어서 적었습니다.

버드나무 가지 천 가닥 만 가닥
실마다 간곡한 마음이 맺혀 있어요
바라나니, 그 실로 단단한 끈을 엮어서
우리 아름다운 인연을 잇기로 해요

여종이 소유한테 시를 받아 품에 넣으며 은근히 말했어요.
"이제 도령님이 서울로 떠나시면 언제 다시 만날지 모릅니다. 오늘 밤이 깊어 달이 뜨거든 누각으로 오세요. 제가 살짝 문을 열어 드릴 테니 아씨를 만나 좋은 인연을 맺도록 하세요."

여종이 돌아간 뒤 소유는 몸과 마음이 온통 하늘로 날아오르는 것 같았어요. 달빛 아래에서 아름다운 소녀와 둘이 만나 이야기를 나눌 생각을 하니 가슴이 쿵쿵 뛰었지요. 소유는 어서 달이 뜨기만을 기다렸습니다.

그때였습니다. 갑자기 거리가 시끌벅적해지더니 사람들이 소란을 떨기 시작했어요.

"반란군이다. 반란군이 몰려온다!"

소유가 깜짝 놀라 무슨 일이냐고 묻자 한 사람이 말했습니다.

"아직 소문을 못 들었나요? 반란이 일어나 온 나라가 들썩이고 있어요. 반란군이 밀려오고 있대요. 여기서 얼쩡거리지 말고 어서 피해요. 젊은 사람은 한 번 붙잡히면 도망 나올 길이 없어요."

사정이 어찌나 급한지 소유는 다른 일을 돌볼 틈이 없었습니다. 소유는 아이를 데리고 마을 뒤편에 있는 산으로 올라가 골짜기 속으로 숨어들었지요.

한참을 가다 보니 산속 깊은 골짜기에 낯선 풍경이 펼쳐졌어요. 작은 초가집이 한 채 있는데 흰 구름이 자욱하게 감돌고, 학이 맑은 소리로 울고 있었지요.

소유가 그 집으로 들어가자 어떤 도사가 앉아 있다가 말했어요.

"흠, 찾아올 줄 알았네. 양처사의 아들이 맞지?"

"어떻게 저를 아십니까?"

"양처사는 나의 친구야. 이제 여기에 왔으니 얼마간 머물다가 세상이 조용해지거든 내려가도록 하게나."

소유는 채봉 생각에 마음이 바빴지만 달리 어쩔 도리가 없었습니다.

소유가 고맙다며 절을 하자 도사가 벽에 걸린 거문고를 가리키며 말했어요.

"거문고를 탈 줄 아는가?"

"좋아하기는 하는데 스승을 못 만나 제대로 배우지를 못했습니다."

"세상을 멋지게 살려면 음악을 알아야 하는 법이야."

그날부터 도사는 소유에게 음악을 가르쳐 주었습니다. 거문고 타는

법을 바로잡아 주고, 퉁소 부는 법도 가르쳐 주었지요. 소유는 본래 음악에 재능이 뛰어나서 도사의 가르침을 하나도 놓치지 않고 쏙쏙 받아들였습니다.

그렇게 여러 날이 지난 뒤에 도사가 말했습니다.

"이제 세상이 조용해졌으니 내려가도 될 게야. 그 거문고와 퉁소를 줄 테니 가져가게나."

소유는 절을 올려 감사를 드린 다음 산을 나와 마을로 향했습니다. 정말로 그 사이에 반란군이 잡혀 세상이 조용해졌어요.

소유는 급히 발걸음을 옮겨 채봉을 만났던 누각으로 갔습니다. 버드나무 숲에 도착한 소유는 깜짝 놀랐습니다. 푸른 버들은 그대로인데 누각은 불타 없어지고 허물어진 담장만 남아 있었습니다.

소유는 버드나무 가지를 잡고서 채봉이 지은 시를 읊고 또 읊었습니다. 하지만 채봉의 모습은 끝내 볼 수가 없었지요.

여관으로 돌아온 소유는 집 주인한테 진어사 댁에 무슨 일이 있었는지 물었습니다.

"말도 말아요. 진어사가 반란을 일으킨 역적을 편들었다는 죄로 죽임을 당하고 집안이 홀딱 망했답니다. 여자들까지 다 붙잡혀

39:

갔는데 요행히 죽지 않았다면 종이 되었겠지요."

그 말을 들은 소유는 정신이 아뜩하여 풀썩 쓰러질 뻔했습니다. 아름다운 인연이 하루아침에 속절없이 허물어진 것이 믿기지 않았습니다.

'제발 어디엔가 몸성히 살아 있기를!'

그렇게 빌어 주는 것이 소유가 할 수 있는 모든 일이었습니다.

나라에 큰 난리가 나자 과거 시험도 다음 해로 미뤄졌습니다. 서울로 갈 일이 없어져 버린 소유는 고향으로 돌아와 어머니를 만났습니다. 아들 걱정에 잠을 못 이루던 유부인은 소유를 부둥켜안고 눈물을 흘렸습니다.

새
로
길
을
떠
나
니
새
사
람
을
만
나
고

날이 가고 달이 가서 해가 바뀌었습니다. 과거 날짜가 다가오자 소유는 다시 서울을 향해 길을 떠나려 했지요. 유부인이 말했습니다.

"이제 네 나이 열여섯이니 결혼할 때가 되었어. 여기는 좁은 곳이라 마땅한 짝을 찾기 어렵구나. 이번에 서울에 가거든 내 외사촌인 두씨 부인을 찾아가도록 해라. 두루 발이 넓은 사람이니 너를 도와주실 게야."

"알겠습니다. 꼭 찾아뵐게요."

소유는 어머니와 헤어져 나귀를 타고 서울로 향했습니다. 길을 떠난 지 여러 날 만에 서울 장안에 이르렀지요. 처음 보는 서울은 무척 화려했어요. 크고 멋진 집이 가득하고, 길에 가마와 수레가 끊이지 않았습니다.

소유는 봄 경치를 구경하기 위해 커다란 누각에 올랐습니다. 누각에는 수많은 선비들이 모여 있고, 한쪽에 여인들이 앉아 있었지요. 소유가 구석에 자리를 잡고 앉자니 젊은 선비가 말을 걸어왔어요.

"보아하니 과거를 보러 가는 길이로군요."

"그렇습니다."

"마침 잘 찾아왔네요. 오늘 여기 좋은 구경거리가 있답니다. 미녀의 마음을 얻기 위한 재미난 시합이 펼쳐지지요."

소유는 그 말을 듣고 누각을 자세히 살펴보았어요. 누각 한쪽에 서 젊은 여인들이 바삐 움직이는데 한 사람만은 조용히 비단 방석에 앉아 있었지요. 그 모습이 하늘에 뜬 초승달처럼 무척 아름다웠어요. 때마침 여인도 눈을 들어 소유를 바라보았습니다. 눈이 별빛처럼 반짝 빛났지요.

그 여인 앞에는 흰 종이가 잔뜩 쌓여 있었습니다. 소유가 옆에 있는 선비한테 물었지요.

"저것들은 다 무엇인가요?"

"미녀의 마음을 얻기 위해 선비들이 지은 시들이지요. 저 여인의 이름이 계섬월인데 장안의 이름난 기생이랍니다. 콧대가 어찌나 높은지 아직 아무도 섬월의 마음을 얻지 못했어요. 생각이 있거든 그대도 한번 도전해 보구려."

소유는 문득 마음이 움직여서 종이를 꺼내 시를 쓰기 시작했어요. 단숨에 시를 완성해서 미녀 앞에 가져다 놓았지요.

드디어 시를 살피는 시간이 되었어요. 섬월이 자리에 놓인 시들을 하나하나 살펴보기 시작했지요. 하지만 마음에 드는 게 없는지 표정에 변화가 없었어요. 그러던 섬월의 얼굴에 갑자기 밝은 미소가 떠올랐어요. 섬월은 시를 한 편 들고 일어나 곡조를 얹어 낭랑하게 노래를 부르기 시작했습니다.

티끌조차 향기로운 구름 많은 이 저녁
모두가 한맘으로 여인의 노래를 기다리네

.44

열두 가닥 거리 위에 스러지는 봄빛

버들꽃이 눈처럼 나부끼는데 근심은 어인 일

꽃들마저 질투하는 미인의 아름다움이여

입을 미처 열지도 않았는데 자리가 향기롭네

우리 있는 자리 이렇게 멀기도 하건만

어느새 꽃단장에 녹아 버린 철석* 같은 이 마음

　그 시는 바로 양소유가 지은 것이었지요. 섬월이 그윽한 눈빛으로
소유를 바라보자 소유의 마음이 봄눈처럼 녹아내리는 것 같았어요.
　하지만 누각은 온통 차가운 기운에 휩싸였어요. 시골에서 온 낯선
도령이 섬월의 마음을 얻는 걸 보고 선비들이 기분이 상해 투덜거
리기 시작했지요. 자리를 박차고 떠나는 사람들도 있었어요.
　소유가 얼른 자리에서 일어서며 말했습니다.
　"여러분 덕분에 오늘 즐거운 시간을 보냈습니다. 저는 이만 물러

* 철석 : 쇠와 돌. 매우 굳고 단단한 것을 비유적으로 이르는 말.

가지요."

서둘러서 누각을 내려오는데 붙잡는 사람이 아무도 없었습니다.

소유가 막 나귀에 오르려 할 때였어요. 섬월이 누각에서 내려와 슬쩍 다가오더니 귓속말을 했어요.

"다리 건너 우뚝한 누각 옆에 앵두꽃 활짝 핀 곳이 우리 집이랍니다. 저녁에 집으로 찾아오세요."

소유는 말없이 눈길만 주고서 나귀에 올랐어요. 그러고는 경치를 감상하면서 천천히 나귀를 몰아 여관으로 들어갔지요.

날이 저물자 소유는 앵두꽃 활짝 핀 집으로 섬월을 찾아갔어요. 섬월은 소유를 반갑게 맞이했지요. 방에는 조촐한 술상이 준비되어 있었어요.

"도령님, 오늘에야 제가 기다리던 분을 만났습니다. 저는 본래 양갓집* 딸이었는데, 아버지가 돌아가신 뒤 집안이 기울어 기생이 되고 말았답니다. 비록 천한 몸이 되었지만 뜻에 맞는 멋진 분을 만나 평생을 함께 사는 것이 꿈이었지요. 제 마음을 물리치지 말아 주세요."

소유가 말했습니다.

"나 또한 그대한테 반하여 시를 지었지요. 하지만 나는 시골에 사는 가난한 선비일 뿐이에요. 고향에는 늙으신 어머니가 계시지요. 갑자기 평생의 인연을 약속하기는 이른 것 같아요."

"마땅한 말씀입니다. 도령님은 재주가 뛰어나니 분명 이번 시험에 장원 급제를 하실 거예요. 그러면 좋은 집안의 아가씨와 결혼도 하시겠지요. 그 뒤 언제라도 좋아요. 저를 잊지 않고 찾아 주신다면 언제까지나 기다리고 있겠어요."

다시 소유가 말했습니다.

"실은 예전에 화음 땅에서 진씨 댁 따님과 마음을 나눈 적이 있었지요. 지금은 어디로 갔는지 자취조차 알 수 없게 되었어요. 다시 그와 같은 규수*를 찾을 자신이 없어요."

"채봉 아씨 말씀이군요. 저도 그분을 잘 안답니다. 용모와 재주가 참 빼어난 분이지요. 하지만 지금 처지가 그릇되었으니 도령님의 짝이 되기는 어렵겠어요. 제가 다른 아씨를 추천해 드리지요. 장안 정대감 댁 경패 아씨가 아름답고 덕이 많기로 이름이 높답니다.

* 양갓집 : 양민의 집.
* 규수 : 남의 집 처녀를 정중하게 이르는 말.

.48

잊지 말고 좋은 인연을 이루도록 하세요."

그렇게 술잔을 기울이며 이런저런 이야기를 나누다 보니 긴긴 밤이 지나고 먼동이 터 왔어요. 소유가 집을 나서려 하자 섬월이 소유의 손을 잡고 말했습니다.

"언제까지나 낭군을 기다릴게요. 부디 잊지 말아 주세요."

그렇게 말하는 섬월의 눈에 눈물이 맺혔어요. 소유는 말없이 섬월의 손을 꼭 잡아 주었습니다.

좋은 인연을 찾아 대갓집에 숨어들다

아직 과거 시험까지는 날짜가 좀 남아 있었어요. 소유는 틈을 내어 어머니가 일러 준 대로 두씨 부인을 찾아 나섰습니다. 한가한 산속 절에 머물러 있던 두부인은 소유를 반갑게 맞이했어요.

"네가 소유란 말이지? 참 곱게도 자랐구나. 얼굴도 얼굴이지만 살결이 어찌 이리 고울까? 여자라고 해도 믿겠어."

"어머니께서 꼭 아주머니를 찾아뵙고 혼인에 대해 상의하라 하셨

.50

어요."

"그래. 예전에 언니한테 부탁을 받은 적이 있지. 내가 점찍어 놓은 처녀가 있단다. 그런데 그리 쉬운 일은 아니야. 너는 가난한 시골 선비이고 처녀는 대감 댁의 귀한 따님이라서 말이야."

"어느 댁 처녀인가요?"

"장안 정대감 댁 따님이란다. 이름은 경패라고 하지. 무척 아름답고 어진 처녀인데, 아직 짝을 정하지 않았더구나. 그 처녀와 인연이 닿으려면 네가 이번 과거 시험에 급제해야만 해. 딴생각은 하지 말고 열심히 시험 준비를 하도록 해라."

소유는 섬월이 말했던 처녀를 두부인이 다시 추천하자 궁금증이 일었어요.

"아주머니가 그 처녀를 직접 보신 적이 있나요?"

"그럼. 그 용모가 마치 붉은 옥처럼 빛이 나서 눈이 다 부시더구나."

그러자 소유가 말했어요.

"아주머니, 이번 과거 시험은 자신 있으니 걱정 마세요. 그보다 한 가지 청이 있습니다. 저는 평소에 제 아내 될 사람을 미리 만나 보아야 한다고 생각했어요. 경패 처녀를 한 번 볼 수 있게 해 주세요."

"어린 총각이 대갓집* 처녀를 어떻게 만나 본단 말이냐? 도리에 어긋나는 일이야. 방법도 없고."

"아주머니, 부탁해요. 평생 함께할 사람을 어찌 얼굴도 보지 않고 정하겠습니까? 꼭 방법을 알아봐 주세요."

두부인이 어려운 일이라며 고개를 흔드는데도 소유는 뜻을 굽히지 않았어요. 소유가 자꾸만 간청을 하자 두부인이 힘들게 입을 열었습니다.

"혹시 음악을 연주할 줄 아니?"

"음악이라면 자신 있습니다. 전에 산속에서 도사를 만나 거문고와 퉁소를 익혔지요."

"그렇다면 방법이 있을지도 모르겠구나. 경패의 어머니인 최씨 부인이 유난히 음악을 좋아해서 악기를 잘 다루는 여인을 청해 연주를 듣곤 한단다. 가끔 나한테 사람을 보내 연주자를 찾기도 하지. 네가 여자 악사로 변장해서 정대감 댁에 들어간다면 경패 처녀를 볼 수 있을지도 몰라. 어때, 할 수 있겠니?"

* 대갓집 : 대대로 세력이 있고 번창한 집안.

소유는 고민할 것도 없이 곧바로 대답했어요.

"감사합니다. 말씀대로 할게요. 한번 여자가 돼 보는 것도 즐거울 거예요."

소유는 무척 좋아했지만 두씨 부인은 아무래도 안심이 안 되는지 표정이 어두웠습니다.

며칠 뒤에 정대감 댁에서 경패의 유모가 두부인을 찾아왔습니다. 둘이 한참 이야기를 나누고 있는데, 안에서 낯선 거문고 소리가 들려왔지요. 그 소리가 은은해서 사람의 마음을 흔들었어요. 유모가 놀라서 물었지요.

"내가 최부인을 모시고 많은 음악을 들었지만 이 소리는 참 새롭네요. 누가 연주하는 건가요?"

"얼마 전에 멀리 남쪽 지방에서 올라온 젊은 여자 도사가 내는 소리랍니다."

그러자 경패의 유모가 반가워하면서 말했습니다.

"잘 되었네요. 요즘 부인께서 연주할 사람을 찾고 있었거든요. 저이를 보시면 아주 좋아하시겠어요. 내가 부인한테 말씀드리고 가마를 보낼 테니 저 사람을 꼭 보내 주세요."

아니나 다를까, 다음 날 최부인은 산으로 가마를 보내 여자 도사를 청했어요. 양소유는 여자 옷으로 갈아입고 화장을 한 채 두부인과 함께 가마에 올랐지요. 누가 보아도 꽃처럼 아름다운 젊은 여인의 모습이었습니다.

최부인은 소유의 용모에 놀라고, 또 거문고에 감탄했어요.

"참 좋은 거문고네요."

"높은 산 아래에서 벼락에 맞아 쓰러진 지 백 년 된 오동나무로 만든 것이랍니다. 아주 귀한 물건이지요."

그리 말하면서 소유는 슬쩍 눈길을 돌려 집 안을 살펴보았어요. 경패 처녀의 모습은 볼 수가 없었지요.

"이 댁 아씨가 총명하고 재주가 많다고 들었습니다. 아씨 앞에서 음악을 연주하고 가르침을 받게 해 주세요."

그 말에 최부인은 미소를 지으며 경패를 불렀습니다. 경패 처녀가 나와서 인사를 하는데, 소유는 금세 마음이 황홀해지고 말았습니다. 아침 해가 솟아오른 듯, 연꽃이 물 위로 피어오른 듯, 그 모습이 청초하면서도 눈이 부셨습니다.

소유는 정신을 가다듬고 거문고를 타기 시작했습니다. 정성을 다해 열심히 한 곡 한 곡 연주를 이어 갔지요. 세상에 별로 알려지지 않은 오래된 곡조들이었지만, 경패는 무엇 하나 모르는 것이 없었습니다. 곡마다 찬찬히 귀를 기울여 듣고 사람들에게 그 뜻을 설명해 주었지요.

두 사람의 놀라운 재주에 최부인을 비롯한 모든 사람들이 감탄해 마지않았습니다.

한창 자리가 무르익을 때였습니다. 양소유는 남몰래 미소를 짓더니 새로운 곡을 연주하기 시작했습니다. 그 소리가 어찌나 화려한지 뜰의 꽃봉오리가 한꺼번에 벌어지고 제비와 꾀꼬리들이 날아와 춤추었지요.

다들 음악에 취해 있는데 갑자기 경패가 눈을 크게 뜨고 소유를 쏘아보기 시작했어요. 그러더니 얼굴이 붉어진 채 자리에서 일어나 안으로 들어가 버렸습니다. 놀란 최부인이 유모를 들여보내 물어 보니 갑자기 몸이 불편하다는 것이었어요.

"아씨의 몸이 불편하시다니 저도 이만 물러가겠습니다."

소유는 이렇게 말하고 두부인과 함께 정대감 집에서 물러 나왔습니다.

.56

그때 경패 처녀한테는 친 자매처럼 지내는 어여쁜 몸종이 한 명 있었습니다. 이름은 가춘운이었지요. 봄날 동산에 피어나는 구름처럼 아름다운 소녀였어요. 그날 마침 몸이 아파서 악기를 연주하는 곳에 오지 않고 누워 있었지요.

경패는 춘운한테로 가서 얼굴을 붉히며 말했어요.

"내가 오늘 몹시 부끄러운 일을 당했으니 이 일을 어째?"

"여자 도사가 왔다 들었는데 무슨 일이 있었나요?"

"그 여도사가 음악을 연주했는데 요즘 듣지 못하던 좋은 곡들이 있었어. 솜씨도 참 훌륭했지. 그런데 그 사람이 끝에 가서 〈봉황곡〉을 연주하지 않겠어? 너도 알겠지만 〈봉황곡〉은 남자가 여자를 유혹할 때 연주하는 곡이란 말이야. 이상해서 자세히 살펴봤더니, 글쎄 그 사람이……."

춘운이 눈치를 채고서 말을 이어받았어요.

"그 사람이 여자가 아니었군요!"

"세상에 이렇게 부끄러운 일이 어디 있나 몰라. 분명 시골에서 과거 보러 올라온 선비가 나를 희롱하러 온 거야."

춘운이 얼굴에 미소를 띠며 말했어요.

"남자의 용모가 여자처럼 빼어나고 음악에도 재주가 있다니 보통 내기가 아니네요. 혹시 또 알아요? 아씨하고 좋은 인연이 맺어질지 말예요."

경패는 짐짓 눈을 치켜뜨며 춘운을 나무랐어요. 하지만 춘운은 뭐가 좋은지 깔깔대기를 그치지 않았습니다.

또 하나의 좋은 인연

　마침내 과거 시험을 보는 날이 되었습니다. 전국에서 모인 선비들이 한자리에 모여 그간 갈고닦은 솜씨를 뽐냈지요. 양소유도 한자리를 차지하고 앉아 거침없이 글을 써 내려갔습니다.

　장원 급제는 양소유의 몫이었습니다.

　양소유의 글을 보고 또 인물을 본 사람들은 크게 놀라면서 시골에서 인재가 났다고 들썩였습니다. 소유의 얼굴을 더 가까이 보려고 야단법석이었지요.

임금한테서 한림학사 벼슬을 받은 양소유가 여러 대갓집에 인사를 하러 다닐 때였습니다. 소유는 다른 집들을 제쳐 두고 먼저 정대감 집으로 향했습니다. 최부인과 함께 소유를 사위로 삼을 의논을 하고 있던 정대감은 반갑게 소유를 맞이했어요.

"나라에 훌륭한 인재가 나타났으니 경사스러운 일이야. 어디 혼인할 곳은 정했는가?"

"아직 정하지 않았습니다."

"나한테 나이가 찬 딸이 하나 있다네. 내 딸과 짝을 이룰 생각이 없는가?"

그러자 소유가 넙죽 절을 하며 말했습니다.

"그렇지 않아도 따님에 관한 말씀을 듣고 사모해 왔습니다. 기꺼이 대감의 뜻을 따르겠습니다."

"잘 됐네. 잘 됐어!"

그렇게 혼인 약속이 맺어질 즈음에, 경패가 춘운과 함께 살짝 그 모습을 엿보고 있다가 뽀로통해져서 말했어요.

"참 급하기도 하시지. 어떻게 나한테 묻지도 않으시고 저렇게 짝을 정하신담!"

그러자 춘운이 웃으며 말했어요.

"저런 잘난 사람이라면 저라도 얼른 붙잡겠는걸요. 저 사람이 지난번 그 여자 도사가 분명하지요?"

"흥. 제멋대로 여자가 되기도 하고 남자가 되기도 하다니, 통 맘에 들지를 않아!"

"틀림없군요! 이거야말로 인연이 아니고 무엇이겠어요. 호호호."

양소유가 돌아가자 정대감이 최부인과 함께 경패한테 와서 말했어요.

"오늘 네 신랑감을 정했다. 잘 되었어."

"어찌 그리 급하게 결정하셨나요? 저는 그 사람이 영 마음에 들지 않습니다."

정대감과 최부인이 어리둥절한 표정을 짓자, 춘운이 나서서 여자 도사에 관한 이야기를 꺼내 놓았어요. 최부인은 전날의 여자 도사가 양소유였음을 그제서야 깨닫고 깜짝 놀랐지요. 정대감은 갑자기 너털웃음을 터뜨렸습니다.

"하하. 양소유가 풍류를 아는 남자로구나. 남자가 그 정도 멋은 있어야지!"

"그런 말씀 마세요. 제가 꼭 앙갚음을 하고 말겠어요."

경패의 말에 정대감과 최부인, 춘운이 다 함께 즐거운 웃음을 터뜨렸습니다.

그날 밤이었어요. 경패가 잠깐 춘운의 방에 들러 보니 춘운이 수를 놓다 잠들었는데, 그 옆에 글이 적힌 종이가 놓여 있었습니다. 경패가 살펴보니 내용이 이러했지요.

> 드디어 아씨는 좋은 짝을 만나셨구나. 이제 나를 버리고서 그분과 행복하게 지내시겠지? 나도 그분을 모시며 평생토록 아씨와 함께 살 수는 없는 걸까?

그 글을 본 경패는 깊은 생각에 잠겼습니다.

'춘운이 그 사람을 마음에 품고 있구나. 내가 춘운과 친 자매처럼 지내 온 터에 그 마음을 모른 체할 수는 없어. 그래 춘운도 우리와 함께 사는 거야!'

경패는 춘운을 소유의 첩으로 맺어 주어 자기와 함께 살도록 하겠다고 마음먹었어요. 그때만 하더라도 한 남자가 부인 말고도 작은부인으로 첩들을 두던 시절이었지요.

다음 날 경패는 춘운을 불러 그 일을 의논했어요. 춘운은 눈물을 흘리며 고마워했지요. 경패는 부모님한테도 그 일을 말하고 허락을 얻었어요. 양소유는 저도 모르는 새 정대감 댁에서 두 명의 색시를 얻게 된 셈이었지요.

그때 경패에게는 십삼이라는 사촌 오빠가 있었어요. 아주 익살스럽고 머리가 총명해서 친구를 잘 사귀는 사람이었지요. 양소유와도 금방 친해져서 가깝게 지냈어요.

어느 날 정십삼이 소유에게 말했습니다.

"혹시 소문을 들었는가? 도성 남쪽에 있는 자각봉에 신선들이 자주 나타난다더군. 함께 가 보세나."

소유는 궁금한 마음에 십삼과 함께 자각봉을 찾아갔어요. 듣던 대로 산이 무척 아름다워서 신선이 나올 만했지요.

십삼이 잠깐 어디를 다니러 가고 소유 혼자 한적한 개울가를 거닐고 있을 때였어요. 문득 푸른 옷을 입은 아름다운 선녀 하나가 다가오더니 소유에게 말했습니다.

"낭군님! 낭군님은 어찌하여 이제야 오십니까?"

소유가 깜짝 놀라서 말했지요.

"선녀님은 누구신데 나더러 낭군이라 하시나요?"

그러자 선녀는 가볍게 한숨을 지으며 사연을 풀어 놓았어요. 전생에 소유가 자기와 연애를 하다가 옥황상제에게 벌을 받아 이 세상으로 귀양을 왔다는 거예요. 소유가 떠날 때 뒷날 자각봉에서 만나기로 단단히 약속을 했는데, 이제서야 왔으니 원망스럽다고 했지요.

"오늘이 제가 하늘로 떠나야 하는 날이랍니다. 이제라도 만났으니 다행이에요. 하지만 벌써 떠날 시간이 다 되었으니 이 일을 어찌합니까?"

선녀는 눈물을 흘리며 소유의 손을 잡았어요. 소유는 어리둥절하여 모든 일이 꿈만 같았지요. 하지만 가만 생각해 보니 전생에 선녀와 인연이 있었던 것 같기도 했어요. 선녀의 아름다운 모습도 어디선가 본 듯했지요.

소유는 눈물을 흘리는 선녀의 손을 꼭 잡아 주었어요. 선녀는 소리 내어 흐느끼면서 소유의 품에 안겼지요.

선녀는 그렇게 소유와 짧은 만남을 이루고 멀리멀리 사라졌어요.

소유는 집에 돌아온 뒤에도 산에서 만난 선녀의 모습이 눈에 선했어요. 구슬피 울던 모습을 떠올리면 마음 한구석이 텅 빈 것 같았지요. 왠지 그 사람을 놓치면 안 되는데 그랬다는 생각이 자꾸만 들었어요. 그러다 보니 마음이 울적해져 몸에 병이 나고 말았습니다.

정십삼이 병문안을 와서 걱정을 하며 물었어요.

"자각봉을 다녀온 뒤로 몸이 이렇게 수척해졌으니 어쩐 일인가? 도대체 무슨 일이 있었던 거야?"

십삼이 자꾸 캐묻자 소유는 마지못해 선녀의 일을 이야기했어요. 십삼이 깜짝 놀라며 말했지요.

"저런, 큰일이군! 사람이 아니고 선녀라면 어찌할 방법이 없지 않은가?"

그 말에 소유의 마음은 더욱 우울해지고 말았습니다. 십삼이 그런 소유를 위로하며 말했습니다.

"하지만 세상일이란 모르는 법이야. 자네 마음이 이렇게 지극한데 선녀가 다시 찾아오지 말란 법도 없지. 어때? 내가 한번 재주를 부려 볼까?"

67：

소유가 어리둥절해하고 있는데 십삼은 이상한 주문을 외기 시작했지요. 그러자 슬그머니 방 문이 열리더니 전에 산에서 보았던 그 선녀가 푸른 옷을 입고 방으로 걸어 들어왔어요.

"아니, 여기를 어떻게……."

그때였어요. 방 문이 열리며 정대감을 비롯한 여러 사람들이 들어오더니 소유를 가리키며 한바탕 웃음보를 터뜨렸어요. 십삼은 아주 배꼽을 쥐고 방 안을 데굴데굴 굴렀지요.

선녀가 고개를 숙이며 말했어요.

"뜻하지 않게 낭군님을 속였습니다. 저는 경패 아씨의 몸종인 춘운이라고 합니다. 아씨께서 이렇게 시키신지라……."

소유는 그제서야 어찌 된 일인지 퍼뜩 깨달았습니다. 전에 자기가 여자로 변장을 해서 속인 일을 경패가 보기 좋게 앙갚음한 것이었지요. 소유는 머쓱한 표정으로 머리를 긁적였습니다. 그 모습을 보고 사람들이 또 한바탕 웃음보를 터뜨렸어요.

오랑캐를 치고 돌아오는 길에

　서울 장안에서 여러 달을 보내는 동안 양소유는 한시도 어머니를
잊지 않았습니다. 장원 급제를 했다는 소식은 전했으나 일이 바빠
찾아뵙지 못하고 있었지요. 기회를 보아 임금께 휴가를 청하려
하던 참에 뜻밖에도 나라에 큰일이 생겼습니다. 변방의 오랑캐들이
곳곳에서 군사를 일으켜 나라를 위협하기 시작한 것입니다.

　임금과 신하들이 어찌할 바를 몰라 당황할 때 소유가 나서서 아뢰었습니다.

"오랑캐를 타이르는 문서를 만들어 스스로 항복하도록 해야 합니다."

임금이 그 말을 받아들여 양소유로 하여금 오랑캐를 깨우치는 글을 쓰게 했어요. 소유는 붓을 들어 씩씩하게 글을 써 나갔지요. 임금과 신하들이 글을 보고서 하나같이 무릎을 치며 감탄했습니다. 그 글을 오랑캐들한테 보냈더니, 연나라를 뺀 모든 나라가 항복하여 군사를 거두었지요.

임금은 매우 기뻐하며 양소유에게 큰 상을 내리려 했습니다. 하지만 소유는 머리를 조아리며 사양했습니다.

"제 재주가 부족하여 연나라가 항복하지 않았습니다. 어찌 상을 받겠습니까? 저한테 군사를 주시면 연나라를 항복시키고 오겠습니다."

임금은 기특하게 여기며 허락했습니다. 그리하여 소유는 군사를 이끌고 먼 길을 떠나게 되었지요. 정대감과 경패, 춘운이 모두 걱정했지만 소유는 늠름한 모습으로 태연히 길을 나섰습니다.

여러 날 만에 연나라 땅에 다다른 양소유는 왕을 만나 담판을 지었습니다. 어찌나 기개*가 높고 말이 거침없이 들어맞는지, 연나라 왕은 도저히 양소유의 상대가 되지 않았습니다. 기세등등하던 왕은 소유 앞에 무릎을 꿇고 항복하고 말았습니다. 이로써 나라의 큰 근심이 사라지게 되었지요.

소유가 연나라 왕의 항복을 받고 돌아올 때였습니다. 멀리 한 사람이 말을 타고 가는데 그 모습이 범상치 않았지요. 소유가 부하 장수를 보며 말했습니다.

"저 말이 대단한 준마*로구나. 말 탄 사람이 궁금하니 불러오너라."

명령을 받은 부하가 말 탄 사람을 데려왔는데, 과연 그 인물이 보통이 아니었습니다. 옥으로 깎은 것처럼 희고 고운 얼굴에 검은 눈동자가 맑게 빛났습니다.

'내가 많은 남자를 보았지만 이처럼 아름다운 이는 처음이야.'

소유는 놀란 마음을 감추고 소년에게 여러 가지를 물었습니다. 소년이 맑은 목소리로 대답을 하는데, 흐르는 물처럼 거침이 없었지요. 양소유는 뜻밖에 말이 통하는 사람을 만난 것이 기뻐서 소년

* 기개 : 씩씩한 기상과 굳은 절개.　　* 준마 : 빠르게 잘 달리는 말.

73

을 데리고 함께 길을 갔습니다.

발걸음도 당당하게 장안으로 들어선 소유는 한 누각 앞에서 멈추어 섰습니다. 예전에 계섬월을 만났던 바로 그 누각이었지요. 누각에 올라 보니 옛날의 풍류는 사라지고 쓸쓸하기만 했어요. 섬월의 집에도 찾아가 보았지만 아무도 살고 있지 않았습니다. 어디론가 멀리 떠났다는 소식만 들려왔지요.

'섬월은 어디서 무엇을 하고 있을까? 아직도 나를 기다리고 있을까?'

날이 저물어 양소유는 여관에서 하루를 묵었습니다. 저녁을 먹고 밖에 나와 달빛 아래서 한가로이 거닐고 있는데, 소유를 향해 다가오는 여인이 있었습니다.

"낭군님, 그간 건강하셨는지요?"

소유는 눈을 크게 뜨고 그 여인을 바라보다가 기쁨에 젖어서 말했습니다.

"섬월! 섬월이군요?"

"그렇습니다. 낭군님이 오시는 줄 알고 미리 와 기다리고 있었지요."

소유는 반갑게 섬월의 손을 잡고 방으로 들어갔습니다. 이런저런 이야기에 시간 가는 줄을 몰랐지요. 양소유가 경패와 혼인 약속을 잡았다는 말에 섬월은 자기 일처럼 기뻐했어요.

"낭군님, 소개시켜 드릴 사람이 있습니다. 저의 둘도 없는 친구랍니다."

섬월은 안으로 들어가며 누군가를 불렀습니다. 그러자 한 여인이 섬월을 따라서 나왔습니다. 섬월만큼 아름다운 여인이었습니다. 맑게 반짝이는 검은 눈이 무척이나 매력적이었지요.

"저는 적경홍이라고 합니다. 섬월과는 친 자매보다 가까운 사이이지요. 우리는 본래 한 남자를 함께 모시며 평생을 살기로 약속했답니다. 섬월이 그대를 낭군으로 모시기로 했으니, 저 또한 낭군으로 모시려 합니다."

양소유가 당황해서 말했습니다.

"내가 어떤 사람인지도 모르면서 갑자기 나를 낭군으로 모시겠다니요?"

그러자 적경홍이 뜻밖의 말을 했어요.

"저는 이미 여러 날을 낭군과 함께했습니다. 어찌 저를 몰라보십니까?"

 그 말에 소유는 정신이 퍼뜩 들어 경홍의 얼굴을 자세히 살펴보았
어요. 앞에 앉아 있는 여인은 바로 준마를 타고 자기를 따라온 아름
다운 소년이었습니다.

 "허허. 찾아도 안 보이기에 어딜 갔나 했었지. 이렇게 감쪽같이
속다니!"

 섬월과 경홍의 결심은 돌처럼 단단했습니다. 양소유는 그 간곡한
마음을 물리칠 수 없었지요. 소유는 뒷날 섬월과 경홍을 함께 첩으
로 받아들이기로 약속했습니다.

 이렇게 또 하나의 인연이 이루어졌습니다.

인연은 얽히고 또 얽히고

　다음 날 양소유는 대궐로 들어와 임금을 뵙고 연나라의 항복을
받아 온 사실을 아뢰었습니다. 임금이 크게 기뻐하며 소유에게 상을
내리고 높은 벼슬을 주었지요.
　양소유는 나랏일 때문에 대궐 곁에 있는 한림원에서 묵는 일이
많았습니다. 하루는 소유가 한림원에 묵으면서 달빛을 구경하고
있는데 어디선가 통소 소리가 들려왔어요. 소리가 멀어서 희미했지

만 왠지 마음을 끄는 힘이 있었지요.

소유는 예전에 도사한테서 받은 퉁소를 꺼내어 불기 시작했어요. 퉁소 소리가 공중으로 피어오르자 궁궐 쪽에서 푸른 학 두 마리가 날아오더니 소리에 맞추어 하늘에서 맴돌기 시작했지요. 그 모습을 본 사람들이 놀라며 감탄했어요.

멀리서 들려온 퉁소 소리는 대궐 안에서 난양공주가 분 것이었어요. 대비마마의 하나밖에 없는 딸이자 임금의 동생이었지요. 나이가 열여섯이고 이름은 소화라고 했어요. 임금이 이씨이니 이소화였지요.

난양공주는 얼굴이 선녀처럼 아름다운 데다 재주가 남달랐어요. 공주가 퉁소를 불면 학들이 내려와 춤을 추곤 했지요. 대비마마는 그런 공주한테 어울리는 좋은 짝을 맺어 주려고 오래전부터 마음을 썼지만 그만한 사람을 통 찾을 수가 없었습니다. 그러다보니 공주는 아직 짝을 맺지 못하고 있었지요.

그날 공주의 퉁소 소리에 춤추던 학이 양소유의 퉁소 소리에 이끌려 날아가서 노닌 것은 전에 없던 일이었어요. 그 이야기를 전해 들은 임금이 무릎을 탁 쳤습니다.

"그래! 이제야 난양공주의 배필을 찾았군. 양소유야말로 소화에게 잘 어울리는 짝이야."

임금이 대비한테 그 말을 전하자 대비도 뛸 듯이 기뻐했어요. 어서 양소유를 보고 싶어 안달이었지요. 다음 날 대궐에 들어온 양소유를 본 대비는 몸이 두둥실 떠오르는 것 같았어요. 양소유는 자기가 애타게 찾던 바로 그 사윗감이었지요.

대비의 재촉을 받은 임금은 양소유를 불러서 말했습니다.

"내가 그대에게 할 말이 있도다. 나의 동생 난양공주의 신랑이 되어 주게나. 이는 나의 청일 뿐만 아니라 대비마마의 간곡한 뜻이기도 하네."

뜻밖의 말에 소유는 크게 당황했어요. 그는 잠시 머뭇거리다가 마음을 가다듬고 아뢰었습니다.

"헤아려 주시는 은혜가 바다와 같습니다. 하지만 저는 이미 정대감 댁 따님과 혼인하기로 약속하였습니다. 황공하오나 임금님 말씀을 따르기 어렵습니다."

그 말을 들은 임금은 마음이 상하여 얼굴이 붉어졌어요.

"아직 혼인을 한 것이 아니지 않은가. 내 간곡한 청을 이렇게 뿌리치다니!"

소유는 말없이 머리만 조아렸습니다. 임금은 화가 나서 소유를 물러가게 하였습니다.

다음 날 임금은 또다시 소유를 불러서 말했습니다.

"어제 대비마마와 다시 상의해 보았다. 대비마마 마음이 굳으시니 다른 방법이 없다. 난양공주와 혼인할 준비를 갖추도록 하라."

임금이 이렇게 명령했지만 소유는 전날보다 더 강하게 버텼습니다. 아무리 좋은 말로 타일러도 소유가 명을 받아들이지 않자 임금은 벌컥 화를 냈습니다.

"감히 임금의 뜻을 거역하다니. 여봐라, 당장 양소유를 붙잡아서 옥에 가두어라!"

신하들이 놀라서 말렸으나 아무 소용이 없었습니다. 대비마마가 크게 노한 터라 임금도 어쩔 도리가 없었지요. 소유는 하루아침에 감옥에 갇힌 신세가 되었습니다.

그렇게 시간이 흘러갈 무렵 나라에 다시 큰 난리가 일어났습니다. 토번* 오랑캐가 쳐들어와 마을을 불사르고 사람들을 마구 붙잡아 갔지요. 오랑캐들은 기세 좋게 몰아쳐 며칠 만에 장안 근처까지

왔습니다.

한 신하가 임금에게 아뢰었습니다.

"일단 몸을 피하셔야 합니다. 잠시 도성을 비우고 외진 곳으로 옮겨 가시지요."

그러자 신하들이 저마다 도망을 가야 한다느니 장안을 지켜야 한다느니 시끌벅적 떠들기 시작했어요. 그 모습을 보던 임금의 머릿속에 떠오르는 사람이 있었습니다.

"여봐라! 어서 가서 양소유를 데려오너라."

옥에서 풀려난 양소유가 절을 올리자 임금이 말했어요.

"지금 오랑캐가 코밑으로 들이닥쳐 형편이 급하니 어찌하면 좋겠는가? 장안을 떠나는 것이 옳을까?"

그러자 소유가 결연한 표정으로 말했습니다.

"임금께서 어찌 도읍을 버리고 옮겨 가신단 말씀입니까? 임금님이 흔들리면 백성의 마음도 흔들려 나라가 위태로워집니다. 저한테 군사 오천 명을 주시면 반드시 오랑캐를 물리치겠습니다."

*토번 : 중국 당나라·송나라 때에, 티베트 족을 이르던 말.

임금은 기뻐하며 소유에게 군사 삼만 명을 주어 오랑캐와 맞서게 했습니다. 소유는 군사를 이끌고 적군과 부딪쳐 싸움마다 큰 승리를 거두었지요. 오랑캐는 나라 밖으로 도망쳤습니다.

임금은 소유를 칭찬하며 큰 벼슬을 내리려 했지만, 소유의 생각은 좀 달랐어요.

"오랑캐가 물러갔다 하지만 언제 다시 일어날지 알 수 없습니다. 이참에 오랑캐 땅을 쳐서 그 왕을 사로잡고 나라를 멸망시켜야 합니다. 저한테 맡겨 주십시오."

임금은 양소유에게 나라의 모든 군사를 통솔하게 하고 토번 정벌을 맡겼어요. 소유는 늠름한 모습으로 군사들을 이끌고 토번 오랑캐 땅으로 향했지요. 그가 가는 길에는 거칠 것이 없었어요.

소유가 오랑캐 땅에 다다라 진을 치고 머물 때였습니다. 밤에 촛불을 켜고 책을 보고 있는데 갑자기 찬바람이 불며 촛불이 흔들렸어요. 아름다운 여인 하나가 바람처럼 공중에서 내려오는데 그 손에 날카로운 칼이 들려 있었지요.

소유는 조금도 놀라는 기색이 없이 말했습니다.

"그대는 어떤 사람인데 한밤중에 나를 찾아왔는가?"

85

"토번 왕의 명령으로 그대 목숨을 가지러 왔소이다."

"내 목숨을 앗아간들 오랑캐가 어찌 우리 땅을 넘보겠는가? 원한다면 내 머리를 가져가라."

소유가 목을 내밀자 여인이 무릎을 꿇으며 말했어요.

"장군의 늠름한 기상이 듣던 바와 같습니다. 제가 어찌 대장부의 목을 베겠습니까? 제 이름은 심요연으로 저도 원래 토번 사람이 아니라 장군과 같은 나라 백성이옵니다. 어려서 부모를 잃고 검술을 익혔지요. 오늘 이곳을 찾아온 것은 전생의 인연을 잇고 장군을 돕기 위해서입니다."

"나를 어떻게 돕는단 말인가?"

"토번 왕이 널리 자객*을 구하는데 제가 나서서 모든 검객*을 물리치고 최고가 되었습니다. 토번 땅에 저를 상대할 검객이 없으니 제가 이곳에 있다는 사실을 알면 토번 왕이 감히 장군을 넘보지 못할 것입니다."

* 자객 : 사람을 몰래 암살하는 일을 전문으로 하는 사람.
* 검객 : 칼 쓰기 기술에 능한 사람.

"전생의 인연이란 또 무슨 말인가?"

심요연이 살짝 낯을 붉히며 말했습니다.

"제 스승님이 말씀하시기를 저와 전생 인연이 있는 분이 큰 군사를 이끌고 오신다 했습니다. 오늘 장군을 만나 보니 사모하는 마음이 솟아나 가눌 길이 없습니다. 제가 한평생을 의지할 사람이 바로 당신입니다. 저를 받아 주세요. 종이라도 되어 그대를 받들겠습니다."

양소유는 이 또한 신기한 인연이라고 생각하며 요연의 손을 따뜻하게 잡아 주었습니다.

동정호 용궁과 형산에 대한 기억

　다음 날 소유가 토번의 도읍지를 향해 진군하려 할 때 요연이
말했습니다.
　"가시는 길에 반사곡이 있는데 아주 위험한 곳입니다. 길이 좁고
물이 모자라지요. 그곳에선 아무 물이나 마시면 안 됩니다. 우물을
깊이 파서 맑은 물을 찾아야 합니다."
　"반사곡이라……."

양소유의 대군은 머지않아 반사곡에 이르렀습니다. 요연의 말대로 골짜기가 좁아 한꺼번에 여러 사람이 지날 수 없었지요. 겨우 그곳을 벗어나 진을 쳤는데, 물이 문제였습니다. 다른 물은 없고 푸른 호수뿐인데 군사들이 그 물을 마시자 온몸이 파랗게 변하며 말을 못하고 쓰러졌지요.

양소유는 요연의 말을 생각하고 군사들을 시켜 우물을 파게 했습니다. 하지만 아무리 깊이 땅을 파도 물이 통 나오지를 않았어요. 안 되겠다고 생각한 양소유가 군대를 옮기려 하는데 오랑캐 군사가 주변을 둘러싸고 지키는 중이었지요. 양소유의 대군은 오도 가도 못하는 처지가 되고 말았습니다.

그날 밤이었어요. 소유가 적을 물리칠 방법을 고민하다 잠깐 졸고 있는데, 갑자기 이상한 향기가 피어오르며 여자 아이 둘이 나타나 말했습니다.

"장군님, 우리 낭자께서 말씀을 전하라 하셨습니다."

"너희 낭자가 누구냐?"

"동정호 용왕의 작은따님이십니다. 지금 이 근처 호수에 머물러 계시지요. 저희와 함께 가면 만나실 수 있습니다."

소유는 의심스러운 생각을 떨치고 여자 아이들을 따라나섰습니다. 호숫가에 말이 한 필 서 있는데 소유가 올라타자 푸른 물결을 헤치고 호수 속으로 들어갔지요.

호수 속에는 화려한 궁궐이 자리 잡고 있었습니다. 소유가 안으로 들어가자 한 여인이 시녀를 데리고 나와서 소유를 맞이했지요. 바깥세상에서 보지 못한 신비로움을 지닌 여인이었어요.

"동정호 용왕의 딸 백능파가 인사 올립니다."

여인이 네 번 절을 하자 소유가 당황하여 말했습니다.

"존귀한 분이 저한테 절을 하시니 이유를 모르겠습니다."

그러자 능파가 한숨을 쉬고 나서 사연을 이야기했어요.

"저는 본래 인간 세상과 인연이 있어 세상에 나와 사는 것이 꿈이었습니다. 그런데 남해 용왕의 아들 오현이란 자가 저를 차지하려고 자꾸만 괴롭혀 견딜 수 없었지요. 그래서 동정호를 떠나 이곳에 몸을 피해 살게 되었습니다. 오현이 이곳까지 찾아와 저를 괴롭히는지라 호수 물에 나쁜 기운을 퍼지게 하여 그를 막았습니다. 그러면서 저의 낭군 될 사람을 이제나저제나 기다려 왔지요. 장군님이 바로 제가 기다려 온 그분입니다. 전생에서부터 맺어진 인연이니 물리치지

마세요."

양소유의 세상 인연이 용왕의 딸까지 이어지니 이 또한 신기한 일이었습니다. 소유는 이것도 하늘의 뜻이라 생각하고 능파의 마음을 받아 주었지요.

그때, 남해 용왕의 아들 오현이 쳐들어온다는 급박한 소식이 들려왔습니다. 소유가 크게 화를 내며 떨치고 일어섰습니다.

"이번엔 내가 용서하지 않겠다!"

소유는 물살을 헤치고 나가 군사들에게 공격 명령을 내렸습니다. 군사들이 호수를 포위하고 화살을 쏘며 달려들자 물고기들로 이루어진 오현의 군사들은 허둥대며 도망가기 바빴지요. 마침내 오현은 양소유 앞에 무릎을 꿇고 말았습니다.

소유가 오현에게 호통을 쳤습니다.

"여봐라. 네가 용왕의 자식이라 하나 그릇된 일을 어찌 지나치리오. 연약한 여인을 힘으로 억누르려 하니 이는 더럽고 부끄러운 일이다. 내 너를 베어야 마땅하나, 한 번 용서하니 앞으로는 이곳에 얼씬도 하지 말라!"

소유가 오현을 풀어 주자 오현은 얼굴을 감싸 쥐고서 쥐새끼처럼 도망가 버렸습니다.

소유가 능파를 돌아보며 말했습니다.

"우리 군사들이 마실 물을 찾지 못해 고생하고 있으니 이 일을 어찌해야 할까요?"

"그 일은 걱정 마세요. 이렇게 낭군을 만나 저의 한이 풀렸으니 호수에 서린 나쁜 기운도 다 사라질 거예요. 앞으로는 마음 놓고 물을 마셔도 됩니다."

그 말을 듣자 양소유는 뛸 듯이 기뻤습니다.

그때 갑자기 사방에 붉은 안개가 끼더니 공중에서 용왕의 사자[*]들이 내려왔습니다.

"동정호 용왕께서 따님을 구해 주신 일에 감사드리려고 장군을 청하셨습니다. 저희와 함께 동정호 용궁으로 가시지요."

소유가 살펴보니 여덟 마리 용이 이끄는 수레가 준비되어 있었습니다. 소유가 능파와 함께 수레에 오르자 용은 하늘로 솟아올라 구름을 뚫고 바람처럼 날아갔지요. 정신을 차려 보니 어느새 동정호

* 사자 : 명령이나 부탁을 받고 심부름하는 사람.

용궁이었어요.

  소유는 용궁으로 들어섰어요. 그런데 이상하게도 언제 한번 와 본 듯 낯설지가 않았어요. 예전에 성진의 몸으로 그곳에 찾아왔었다는 사실은 까맣게 몰랐지요.

  동정호 용왕은 큰 잔치를 베풀어 소유를 대접했습니다. 맛난 음식과 진귀한 술이 가득했지요. 소유는 용왕이 권하는 대로 거침없이 술잔을 들이켰어요.

  잔치를 즐기던 소유는 문득 군사들이 걱정되어 돌아가려고 했습니다. 동정호 용왕은 호수 밖까지 나와 소유를 배웅했지요. 그때 마침 소유가 사방을 둘러보니 멀리 구름 속에 산봉우리들이 우뚝 솟은 것이 보였습니다.

  "저기는 무슨 산인가요?"

  "세상에 이름난 다섯 산 가운데 하나인 형산이랍니다."

  소유는 왠지 그 산을 한번 살펴보고 싶은 생각이 났습니다. 수레에 올라 산 아래로 다가가 보니 연꽃 모양의 봉우리 아래 절 한 채가 들어앉아 있었습니다. 늙은 스님 한 분이 부처님 말씀을 가르치고 있는데, 눈빛이 맑게 빛나는 것이 보통 사람이 아니었지요. 소유는

95

그 스님을 어디서 본 것만 같아서 자꾸 고개를 갸웃했습니다.

스님이 양소유를 맞이하며 말했습니다.

"귀한 분이 오시는 걸 모르고 마중을 못했습니다. 아직 오실 때가 아닌데 미리 오셨군요. 이렇게 오셨으니 부처님께 예를 올리도록 하세요."

소유는 스님의 안내를 받아 법당으로 올라가 부처님에게 절을 올렸습니다.

소유가 법당에서 내려올 때였습니다. 소유는 갑자기 발을 헛디뎌 계단 아래로 구르고 말았습니다. 소유는 깜짝 놀라 비명을 질렀지요.

"아앗!"

비명과 함께 소유는 번쩍 눈을 떴습니다. 살펴보니 그곳은 군대가 머무르고 있는 호숫가의 천막 안이었습니다. 어느새 날이 밝아 오고 있었지요. 꽤나 신기한 꿈이었습니다.

소유가 천막을 나서서 살펴보니 호숫가에 죽은 물고기들이 흩어져 있고, 호수의 물빛이 전날과 달랐습니다. 소유는 손으로 물을 떠서 들이켰습니다. 물맛이 어찌나 좋은지 마음까지 상쾌했습니다. 그 모습을 본 군사들이 환호성을 지르며 호수로 달려와 물을 마셨지요.

갈증에서 벗어난 군사들의 기세는 하늘을 찌를 것 같았습니다. 소유는 군사를 이끌고 오랑캐 진영을 치기 시작했습니다. 토번 오랑캐들이 지푸라기처럼 쓰러졌지요. 기세가 오른 양소유의 군대가 적을 격파하고 오랑캐의 도읍으로 몰아치자 오랑캐 왕이 버티지 못하고 항복했습니다. 완전한 승리였습니다.

정체를 알기 힘든 아름다운 여인

양소유가 토번의 항복을 받았다는 소식이 전해지자 온 나라가 기쁨에 휩싸였습니다. 임금의 기쁨 또한 이루 말할 수 없었지요. 하지만 마음 한편에 한 가지 걱정이 있었습니다.

'양소유가 큰 공을 세웠으니 장한 일이야. 하지만 이번에 돌아와서도 난양공주와 혼인하지 않겠다고 버티면 어떻게 하지? 더 이상 벌을 줄 수도 없게 되었으니 말이야.'

임금은 대비마마에게 그 일을 상의했어요. 대비의 뜻에는 조금도 변화가 없었습니다.

"양소유를 놓칠 수 없어요. 소유를 난양과 짝지어 주고, 정대감의 딸은 다른 사람과 맺어 주도록 하세요."

마침 곁에 있다가 그 말을 들은 난양공주가 나서서 말했습니다.

"어머니, 제 생각에 그건 도리에 맞지 않아요. 어찌 우리 마음대로 남의 집 혼사를 이래라저래라 하겠어요? 예로부터 대장부는 여러 부인을 둘 수 있다 했으니, 저하고 정소저*가 함께 아내가 되는 방법도 있어요."

그러자 대비가 걱정스런 표정으로 말했어요.

"네가 그리 하겠다면 그것도 방법이긴 하다만, 너는 이 나라의 공주이고 정소저는 신하의 딸이니 격이 맞지를 않아."

"어머니. 이참에 제가 경패 처녀를 만나 보렵니다. 만약 그가 높은 재주와 덕을 갖추었다면 신분이야 무슨 상관이겠어요? 저한테 맡겨 주세요."

* 소저 : 아가씨를 한문 투로 이르는 말.

워낙 공주의 생각이 분명한 터라 대비도 말릴 수 없었습니다.

그때 경패는 깊은 시름에 젖어 있었습니다. 양소유와 혼인할 날을 기다리고 있었는데, 난데없이 임금이 소유와 난양공주를 짝 지으려고 나섰으니 말이에요. 슬프기는 춘운 또한 마찬가지였지요. 경패와 춘운은 서로 마음을 달래 주며 힘든 날을 보냈습니다.

그때 어떤 여자 아이 하나가 정대감 댁을 찾아왔습니다. 수를 놓아 만든 족자를 팔려고 내놓았는데, 그 솜씨가 보통이 아니었지요. 경패와 춘운이 입을 벌리며 감탄할 정도였어요. 아이에게 물어보니 자기네 아씨인 이소저가 직접 수를 놓은 것이라 했어요. 집안 살림 이 어려워 수를 놓아 판다는 것이었지요.

경패는 패물을 많이 주고 그 족자를 샀어요. 수를 놓은 솜씨가 참으 로 절묘해서 볼수록 아름다웠어요. 경패는 수를 놓았다는 이소저가 어떤 사람인지 궁금해 참을 수가 없었어요. 그래서 최부인한테 말했 지요.

"어머니, 이 수를 놓은 처녀는 보통 사람이 아닐 거예요. 한번 만나 서 이야기를 나누어 보고 싶어요."

최부인은 경패의 마음이 울적하니 좋은 말벗이 필요하다고 생각했어요. 그래서 사람을 보내 이소저를 청했지요. 이소저는 사양하지 않고 정대감 댁으로 찾아왔습니다.

이소저가 가마에서 내려 경패와 만나는데 옆에 있던 사람들이 깜짝 놀라 입을 벌렸어요. 이소저의 아름다움이 경패에 못지않아 두 사람이 한 자매 같았어요. 온 방 안이 환하게 빛나고 향기가 퍼졌지요. 경패와 이소저도 놀라기는 마찬가지였답니다.

경패와 이소저는 천천히 입을 열어 이런저런 이야기를 나누었어요. 한마디 한마디 속에 두 처녀의 넓은 지혜와 커다란 덕이 배어났지요. 두 사람은 상대방의 인품에 크게 감탄했어요.

한참 이야기를 나누다가 이소저가 말했어요.

"이 댁에 있는 춘운이라는 아이의 재주가 많다고 들었습니다. 한번 만나 볼 수 있을지요?"

경패는 마침 잘되었다 싶어서 얼른 춘운을 들어오게 했어요. 이소저는 춘운과 인사를 나누면서 또 한 번 놀랐지요. 춘운의 용모나 재주 또한 두 사람에게 지지 않을 정도였으니까요.

세 사람이 어울려서 이야기를 나누니 참 보기 드문 풍경이었어요. 방 안이 마치 선녀들이 모인 하늘나라처럼 느껴질 정도였지요. 세

.100

사람 모두 즐거움으로 가슴이 뿌듯해졌습니다.

이소저가 돌아가고 나서 경패가 춘운에게 말했어요.

"참 이상한 일이야. 저렇게 아름답고 재주가 뛰어난 처녀가 있는데 왜 지금껏 소문을 듣지 못했을까?"

춘운이 이리저리 생각을 해 보더니 입을 열었어요.

"혹시 진어사 댁의 채봉 처녀가 아닐까요? 그 처녀가 무척 아름답고 재주가 뛰어나다는 말을 들은 적이 있어요."

"나도 그 생각을 해 보았어. 하지만 진어사 댁은 집안이 그릇됐으니 저렇게 지낼 리 없지. 아무래도 이상한 일이야."

생각할수록 수수께끼 같은 일이었습니다.

그러던 어느 날, 정대감 댁에 뜻하지 않은 전갈*이 왔습니다. 대비마마가 경패 처녀를 부른다는 것이었어요.

경패는 얼른 치장을 하고서 대비가 보낸 가마를 타고 궁궐로 들어갔어요. 가마에서 내려 보니 대비마마가 시녀들에 둘러싸인 채 높은 곳에 앉아 있었습니다. 경패가 머리를 숙이고 있자니 대비가

* 전갈 : 사람을 시켜 전하는 말이나 안부.

말했어요.

"네 소문을 많이 들은 터라 한번 만나서 이야기를 해 보고 싶었단다."

그러면서 대비는 경패에게 이런저런 일을 묻기 시작했어요. 집안 내력도 묻고, 여인의 도리에 대해서도 물었지요. 경패는 떨리는 가슴을 진정하며 또박또박 대답을 했습니다. 말에 어느 것 하나 어긋남이 없었지요.

대비가 얼굴 가득 미소를 지으며 말했어요.

"과연 듣던 대로 훌륭한 처녀로구나. 세상에 오로지 내 딸만이 최고라고 생각했는데 이렇게 훌륭한 처녀가 있었다니!"

그때 대비 오른쪽 자리에 앉아 있던 처녀가 웃으며 말했어요.

"어머니, 그러기에 제가 무어라 했습니까?"

경패는 그 말소리를 듣고 깜짝 놀랐어요. 낯익은 목소리였거든요. 그것은 바로 정대감 댁을 찾아와 함께 이야기를 나누었던 이소저의 목소리였습니다. 경패는 이소저가 난양공주였다는 사실을 비로소 깨달았습니다.

대비가 경패를 보면서 말했어요.

"내 딸 소화가 너를 많이 칭찬하기에 꼭 보고 싶었단다. 이렇게 만나 보니 사랑스런 마음이 샘솟는구나. 너와 혼인 약속을 한 양소유를 내 사위로 삼으려 해서 마음이 아팠겠지? 아무래도 내가 잘못 생각했던 것 같다. 너와 양소유를 갈라놓을 수 없겠어. 하지만 우리 소화도 양소유와 짝이 되어야 하니 이 일을 어쩐담."

대비는 잠시 뜸을 들이더니 다시 입을 열었어요.

"너와 함께 양소유를 남편으로 모시겠다는 것이 소화의 뜻이야. 오늘 너를 만나고 나니 그게 옳겠다는 생각이 드는구나. 다만 네가 신하의 딸이라 난양과 신분이 다른 점이 마음에 걸려. 나한테 좋은 방법이 있다. 네가 나의 양녀가 되어 다오. 그러면 너도 공주가 되니 소화하고 나란히 양소유와 혼인할 수 있을 거야."

경패는 그 말을 듣자 고마운 마음에 눈물이 맺혔어요. 경패는 양소유와의 혼인이 깨지면 평생을 혼자 살려고 마음먹고 있었습니다. 일이 그리될 수밖에 없으리라 각오하고 있었지요. 그런데 이제 소유와 부부가 될 수 있으니 얼마나 고마운 일인지요. 특히나 난양 공주가 인물이 훌륭하고 마음이 깊으니 그와 함께 살 수 있다면 더 행복한 일이라 생각했어요.

"대비마마의 크신 은혜를 어찌 갚아야 할지 모르겠습니다."

대비는 의자에서 내려와 경패의 손을 이끌어 자기 왼쪽 자리에 앉혔어요. 그리고는 사람들을 향해 말했습니다.

"이제 경패는 나의 양녀가 되었다. 그에게 영양이라는 이름을 내린다. 이제 모두들 영양공주를 난양공주와 똑같이 모시도록 하여라."

대비는 영양공주와 난양공주가 서로 손을 맞잡게 했습니다. 두 사람은 기쁜 마음으로 뜨겁게 손을 잡았지요. 서로를 바라보는 눈빛에 사랑과 행복이 가득했습니다.

　양소유는 이런 일을 전혀 모르는 채 군사를 이끌고 장안으로 향했습니다. 가는 길마다 사람들이 몰려나와 박수를 치며 뜨겁게 환영했지요.

　마침내 소유는 대궐에 들어와 임금 앞으로 나아갔습니다. 임금은 계단 아래까지 내려와 소유의 손을 잡고 고마움을 표시했지요.

　하지만 소유는 그리 기쁘지만은 않았습니다. 우선 집을 떠나온

후 오래도록 나랏일에 바빠 어머니를 찾아뵙지 못한 일이 마음을 눌렀습니다. 그리고 임금이 자기를 경패가 아닌 난양공주와 짝지으려 한다는 사실 때문에 마음이 무거웠습니다.

그날 궁궐에서 볼일을 마치고 정대감 댁을 찾은 소유는 깜짝 놀랐습니다. 집안이 온통 어두운 분위기에 휩싸여 있었습니다. 다들 말을 잃고서 소유를 맞이하는데 얼굴에 슬픔이 가득했습니다.

소유는 이상한 생각이 들어서 곁에 있던 십삼에게 물었습니다.

"이게 어찌 된 일인가? 집안에 무슨 일이 있었어?"

그러자 십삼이 슬픔을 억누르며 말했습니다.

"집안에 초상*이 있었다네. 경패가 갑자기 병이 들어 며칠 전에 세상을 떠나고 말았어."

소유가 깜짝 놀라서 소리쳤지요.

"아니, 어찌 그런 일이 생겼단 말인가?"

그 말에 다들 눈물을 흘릴 뿐 아무 말이 없었어요. 한참 만에 옆에

* 초상: 사람이 죽어서 장사 지낼 때까지의 일.

있던 춘운이 입을 열었지요.

"아마도 그게 아씨의 운명이었나 봐요. 아씨는 본래 하늘나라 사람이셨으니 좋은 곳으로 가셨을 거예요. 돌아가시기 전에 낭군께 전해 달라며 유언을 남겼답니다. 아씨는 좋은 곳으로 가니 슬퍼하지 말라 하셨어요. 또 임금님의 뜻을 거스르지 말고 난양공주님과 혼인을 하라 하셨답니다."

소유는 뜻밖의 일에 가슴이 꽉 막히는 것 같았습니다. 정소저의 아름다운 모습이 눈앞에 어른거려 눈물을 멈출 수 없었지요.

다음 날, 임금이 소유를 불러서 말했습니다.

"들자니 정씨 처녀에게 불행한 일이 있었다 하더군. 안된 일이야. 하지만 그게 다 하늘의 뜻이니 어쩌겠는가? 이제 일이 이렇게 되었으니 난양공주와 혼인할 준비를 하도록 하게. 더 미룰 수 없는 일이야."

임금이 간곡하게 말하자 소유는 더 사양하기 어려웠습니다. 난양공주와 혼인하는 것은 사랑하는 경패 처녀의 유언이기도 했지요. 소유는 임금께 감사드리며 그 명을 받아들였습니다.

마침내 혼인날이 되었습니다. 나라의 대장군과 공주의 혼인인지라 궁궐이 온통 떠들썩했지요. 대비마마와 상감마마가 함께 나서서 혼례를 지켜보았습니다.

양소유가 예복을 갖추고 신랑의 자리에 섰습니다. 이어서 신부가 나오는데, 소유는 깜짝 놀라고 말았습니다. 한 명이 아닌 두 명의 신부가 차례로 걸어왔으니 그럴 수밖에요. 어리둥절해하는 소유를 바라보며 대비가 말했습니다.

"실은 내 딸이 두 명이라네. 하나는 난양공주고 하나는 영양공주야. 이번에 두 사람을 함께 그대와 짝 지어 주기로 했어."

공주가 둘이라는 건 처음 듣는 말이었습니다. 소유는 도대체 뭐가 뭔지 알 수가 없었지요. 그렇든 말든 사람들은 바삐 움직이면서 결혼식을 진행해 나갔습니다.

혼례가 끝나고 세 사람이 함께 섰을 때 대비가 입을 열었습니다.

"영양공주가 어떤 사람인지 궁금하지 않은가? 내가 살짝 그 얼굴을 보여 주지."

대비는 영양공주의 얼굴을 가린 장식을 살짝 걷었습니다. 부끄러워 발개진 그 얼굴을 보는 순간 양소유는 놀라서 소리를 지르고 말았습니다. 죽은 줄로만 알았던 경패가 거기 서서 미소를 짓고 있

109:

었습니다.

"하하하, 어떤가? 이게 다 내가 꾸민 일이야."

대비는 무릎을 치면서 깔깔대고 웃었습니다. 그 웃음을 신호로 자리에 있던 모든 사람들이 즐거운 웃음을 터뜨렸지요. 어느새 양소유의 입도 기쁨으로 벌어졌습니다.

그때 또 하나의 즐거운 일이 있었습니다. 어떤 부인이 다가와 양소유의 손을 잡는데, 고개를 들어 살펴보니 꿈에도 그리던 어머니였습니다. 임금이 미리 양소유의 어머니 유부인을 서울로 모셔와 혼례에 참여하도록 한 것이었지요.

양소유의 마음이 기쁨과 자랑으로 가득찼습니다. 궁궐에는 오래도록 즐거운 웃음이 끊이지를 않았습니다.

두 공주를 아내로 맞이했으나 그것은 끝이 아니었습니다. 양소유한테는 챙겨야 할 또 다른 인연들이 있었지요. 소유는 두 명의 부인과 지나온 이야기를 나누며 여인들을 첩으로 거둘 일을 의논했습니다.

먼저 가춘운을 거두어야 했습니다. 춘운은 영양공주와 난양공주가 친구처럼 여기는 터이니 함께 들어와 사는 것이 마땅했지요.

그 다음은 계섬월과 적경홍이었습니다. 소유가 두 사람에 관한 이야기를 하자 두 공주는 흔쾌히 두 낭자를 받아 주었습니다. 섬월과 경홍을 만나 본 두 사람은 그 용모나 재주가 뛰어난 것을 보고 무척 반가워했습니다. 춘운까지 다섯 사람은 금세 오랜 친구처럼 다정한 사이가 되었습니다.

양소유와 인연이 닿은 여인에는 심요연도 있었습니다. 두 공주를 비롯한 낭자들은 요연을 무척 만나고 싶어 했습니다. 하지만 그가 어디에 있는지 알 수 없어 찾아오지를 못했지요.

그러던 어느 날, 집안에 큰 잔치가 있어 사람들이 바삐 움직이고 있는데, 밖에 낯선 여인 둘이 찾아왔습니다. 두 사람을 본 양소유는 깜짝 놀랐습니다.

"그대는 요연이고, 그대는……. 이렇게 찾아오다니 정말 뜻밖이군요. 그때 꿈이 너무 생생해서 이상하게 생각했지만, 이렇게 만날 줄이야!"

심요연과 함께 찾아온 여인은 바로 동정호 용왕의 딸 백능파였습니다.

영양과 난양을 비롯한 여러 낭자들은 두 사람이 찾아온 것을 무척 반가워하며 손을 잡고 맞아 주었습니다. 두 사람 또한 소유의 아내가 되어 다른 낭자들과 친 자매처럼 친해졌지요.

양소유가 이렇게 일곱 여인과 더불어 즐거운 나날을 보내고 있을 때였습니다. 그 모습을 훔쳐보며 남몰래 슬퍼하는 사람이 하나 있었습니다. 궁궐에서 난양공주를 따라와 허드렛일을 하고 있는 하녀였지요. 하는 일이 천하고 차림새가 허름하여 눈에 잘 띄지 않았지만, 빛나는 아름다움을 간직한 여인이었습니다.

어느 날 양소유는 달빛이 흐르는 뜨락을 거닐다가 어디선가 슬픈 울음소리가 나는 것을 들었습니다. 그 소리는 하녀들이 머무는 방에서 흘러나오고 있었지요. 이상하게 생각한 소유는 몰래 다가가 문틈으로 안을 살펴보았습니다.

방 안에는 젊은 하녀가 글이 적힌 종이를 꺼내 보면서 눈물짓고 있었습니다. 눈을 크게 뜨고 종이를 살펴보던 양소유는 깜짝 놀라 소리칠 뻔했습니다.

버드나무 가지 천 가닥 만 가닥
실마다 간곡한 마음이 맺혀 있어요

바라나니, 그 실로 단단한 끈을 엮어서
우리 아름다운 인연을 잇기로 해요

그렇습니다. 그것은 옛날 화음 땅에서 제 손으로 써서 채봉 처녀에게 주었던 시였습니다.

소유는 방 문을 벌컥 열고 안으로 들어갔습니다. 그리고 하녀의 얼굴을 똑똑히 살펴보았습니다. 꿈에도 잊지 못하던 첫사랑의 여인, 채봉이 바로 자기 앞에 앉아 있었습니다.

"그대, 그대가 어찌 여기에!"

그러자 채봉이 눈물을 훔치며 말했습니다.

"이제야 알아보시는군요. 너무나 슬펐습니다. 제가 가까이 있는데 그토록 몰라보시다니요."

소유는 기쁜 마음과 미안한 마음이 뒤범벅되어 채봉을 꼭 끌어 안았습니다. 채봉도 두 팔을 들어 꿈에도 그리던 사람을 뜨겁게 안았습니다.

다음 날, 소유한테서 채봉 이야기를 들은 낭자들이 모두 깜짝 놀라 법석을 떨었습니다. 집안이 망하여 하녀가 된 채봉이 이렇게 가까이

.114

있을 줄은 아무도 몰랐지요.

두 공주는 대비와 임금에게 간절히 청하여 채봉의 죄를 용서받았습니다. 그리고 소유의 첫사랑인 채봉을 또 한 명의 아내로 거두도록 했습니다.

한 남자와 여덟 여인의 인연은 마침내 이처럼 하나로 이어졌습니다. 세상에 다시는 없을 신기한 일이었습니다.

부귀영화가 높은데 쓸쓸함이 밀려오네

세월은 물처럼 흘러갔습니다. 나라는 태평하고 양소유의 부귀영화
*는 끝이 없었습니다. 벼슬은 오르고 또 올라 높은 자리에 이르렀습
니다. 좋은 물건이 집 안에 가득하여 부족한 것이 없었지요.

여덟 명의 아내는 좋은 벗이 되어 서로 사이좋게 지냈습니다. 그들

* 부귀영화 : 재산이 많고 지위가 높으며 귀하게 되어 온갖 영광을 누림.

.116

은 소유의 친구이기도 했지요. 아홉 사람은 함께 어울려 시도 짓고 도란도란 이야기도 나누면서 즐겁고 행복한 나날을 보냈습니다.

세월이 가면서 자식들도 태어났습니다. 한 명의 아내가 하나씩, 모두 여덟 명의 자식이 태어났지요. 여섯 명은 아들이고 두 명은 딸이었습니다. 세상 사람들 모두 이들을 부러워했습니다.

그러던 어느 날이었습니다. 국화꽃이 흐드러지게 피어나고 산수유 열매가 검붉게 물든 가을날이었지요. 양소유는 가을빛을 구경하기 위해 부인들과 함께 산으로 향했습니다. 높은 산 위에 자리 잡은 정자에 오르니 너른 들판과 강물이 한눈에 내려다보였습니다.

두 명의 부인과 여섯 명의 작은부인이 머리에 국화꽃을 꽂은 채 소유에게 술을 따랐습니다. 소유는 말없이 술잔을 기울였지요.

이윽고 멀리 해가 지면서 서녘 하늘이 노을로 물들었습니다. 들판을 흐르는 강물에 구름 그림자가 붉게 어리었지요. 양소유는 그 모습을 가만히 살펴보더니 통소를 꺼내어 불기 시작했습니다. 통소 소리가 쓸쓸하여 흐느끼는 것도 같고 한숨을 쉬는 것 같기도 했지요. 곁에 있는 사람들의 마음까지 다 울적해졌습니다.

영양공주가 놀라서 물었습니다.

"낭군께서는 나라에 큰 공을 세우고 높은 벼슬에 올라 명예가 드높으니 세상 사람들이 다 부러워합니다. 경치는 아름답고, 저희 여덟 사람이 낭군 곁에 있지요. 이 즐거운 자리에 통소 소리가 이같이 구슬프니 어인 까닭인가요?"

소유가 통소를 밀치면서 말했습니다.

"저 북쪽 들판 끝에 무너진 언덕이 있는데 옛 임금의 대궐 터이지요. 서쪽 끝에는 또 다른 임금의 무덤이 있어요. 저 동쪽으로 가면 임금이 미인과 놀던 자리가 있지요. 모두가 세상을 얻어 마음껏 권력을 휘날리던 이들인데, 지금 그들은 도대체 어디에 있는 걸까요? 내가 좋은 인연으로 그대들을 만나 행복한 날들을 보내고 있으니 큰 복이지만, 앞으로 백년 천년의 세월이 흐르고 나면 누가 우리를 기억해 줄까요? 설사 여기서 양소유가 미녀들과 놀았다고 기억해 준들 그게 또 무슨 소용일까요? 다 헛되다는 생각이 들어요."

부인들이 모두 말없이 소유를 바라보았어요. 소유가 다시 말을 이었지요.

"아무래도 나는 부처님과 인연이 있는 사람 같아요. 이 모든 일이 덧없게 느껴지니 말이에요. 이제 이 부귀영화를 다 떨치고 깊은 산속에 들어가 부처님 가르침을 배워 볼까 해요. 덧없는 인생에서 벗어날 수 있는 큰 깨달음을 찾고 싶어요. 다들 내 마음을 이해하겠지요?"

부인들 또한 소유의 말을 들으면서 인생이 덧없다는 생각에 휩싸였어요. 난양공주가 말했지요.

"낭군께서 부귀영화가 가득한 때에 이러한 뜻을 내시다니 감동할 따름입니다. 저희 여덟 사람은 집 안에 부처님을 모시고 예를 올리면서 낭군이 돌아오기를 기다리렵니다. 깨달음을 얻고 돌아와서 저희들을 밝은 길로 이끌어 주세요."

"내 마음을 알아주니 고맙습니다. 내일 길을 떠날 테니 오늘은 함께 취하기로 해요."

여덟 명의 부인은 말없이 고개를 끄덕였습니다.

    소유가 막 병을 들어 잔에 술을 따르려 할 때였습니다. 갑자기 지팡이 두드리는 소리가 들려왔습니다. 소유가 이상히 여겨 살펴보니 늙은 스님 한 분이 다가오고 있었지요. 온몸에서 위엄이 넘쳐 흐르는 것이 보통 사람이 아니었습니다.

"스님은 어디서 오셨습니까?"

    그러자 스님이 웃으며 말했습니다.

"어허, 평생 보아 온 사람을 기억하지 못한단 말이오? 귀한 사람은 쉬이 잊는다더니 그 말이 맞는구려."

소유가 가만히 스님을 살펴보다가 문득 깨닫고 말했습니다.

"아, 기억납니다. 전에 꿈속에서 동정호 용궁을 다녀오다가 형산에 들렀을 때 뵈었던 기억이 납니다. 그때 자리에 앉아서 가르침을 전하시던 그 스님 맞으시지요?"

스님이 손뼉을 치고 큰 소리로 웃으며 말했어요.

"맞습니다, 맞아요. 그렇긴 하나 꿈속에 잠깐 본 일을 생각하면서 십 년을 함께 산 일을 알지 못하니 총명하다는 것이 다 헛말입니다그려."

소유가 이상하게 여기며 말했어요.

"제가 어려서는 부모 곁을 떠나지 않았고, 그 후로는 벼슬자리에 있어 세상을 벗어난 적이 없는데 어찌 십 년을 함께 지냈다 하시는지요?"

스님이 다시 웃으며 말했습니다.

"허허허. 아직도 봄꿈에서 깨어나지 않으셨구려."

"어떻게 하면 저의 꿈을 깰 수 있겠습니까?"

"그거야 어렵지 않지요."

스님은 손에 들고 있던 지팡이를 들더니 정자 난간을 몇 번 두드렸습니다. 그러자 갑자기 산골짜기에서 짙은 구름이 일어나 정자를 온통 휘감았지요. 안개가 자욱해서 바로 앞도 분간할 수 없었어요.

"스님께서 어찌 바른 방법으로 가르치시지 않고 술법을 쓰신단 말입니까?"

그 말이 채 끝나기도 전에 구름이 훌쩍 걷혔습니다. 놀라서 주변을 살펴보니 몸이 엉뚱한 곳에 있었습니다. 스님도 간곳없고, 부인들과 정자도 사라지고 없었지요. 산도 들판도 보이지 않았어요.

그가 있는 곳은 어두운 방 안이었어요. 한쪽에 부처님 상이 있고, 그 앞에 향불이 탄 흔적이 있었지요. 살짝 열린 문 밖으로 새벽이 밝아 오는 중이었어요.

그는 가만히 제 몸을 살펴보았습니다. 승복을 입은 채 방석에 앉아 있는 제 모습이 보였어요. 손을 들어 머리를 만져 보니 파르라니 깎은 머리가 까칠했지요. 목에 무엇이 걸려 있어 만져 보니 백 여덟 개의 염주였어요.

그는 정신이 아득하고 숨이 가빠서 한참이 지난 뒤에야 사실을 깨달았습니다. 자기가 연화봉 육관대사의 제자 성진이라는 사실을요. 황건역사를 따라 저승에 가고, 소유로 태어나 나라에 큰 공을 세우고 여덟 낭자와 인연을 맺은 일이 주마등*처럼 스쳐 갔지요.

성진이 한탄하며 말했습니다.

"아아, 스승님께서 인간 세상 꿈으로 나를 깨우치셨구나. 세상의 욕망이 덧없다는 사실을 알려 주려 하신 거야."

성진은 자리에서 일어나 샘으로 가서 맑은 물로 얼굴을 씻은 다음, 옷매무새를 단정히 하고 육관대사한테 가서 문안을 올렸어요. 대사가 큰 소리로 물었지요.

"성진아, 인간 세상 재미가 어떠하더냐?"

성진이 머리를 조아리고 눈물을 흘리며 말했습니다.

"제가 비로소 크게 깨달았습니다. 인간의 한평생이 부질없는 하룻밤 꿈에 지나지 않는다는 것을요. 이제 마음을 깨끗이 하고 부처님 도를 닦겠습니다."

그러자 육관대사가 말했습니다.

* 주마등 : 등의 하나. 무엇이 언뜻언뜻 빨리 지나감을 비유적으로 이르는 말.

125

"네 말이 그르다. 어찌 인간의 한평생이 꿈이라 하느냐? 장자가 꿈에 나비가 되고 또 나비가 장자가 되었다 하니 장자가 나비가 된 것이냐, 나비가 장자가 된 것이냐? 어떤 일이 꿈이고 어떤 일이 꿈이 아닐까. 꿈과 현실이 따로 있는 게 아니다. 모든 게 꿈이고 모든 게 현실인 법이야."

성진이 다시 머리를 조아렸습니다.

"제가 어리석어 꿈속의 일이 진짜인지 이곳의 일이 꿈인지 알지 못하겠습니다. 부디 깨우쳐 주십시오."

"이제 곧 손님들이 올 게다. 그들이 오면 가르침을 전해 주마."

대사의 말이 채 끝나기 전에 문을 지키는 사람이 손님들을 안내하여 들어왔습니다. 그들은 바로 성진이 돌다리 위에서 만났던 여덟 선녀였습니다.

"대사님. 저희가 그릇된 마음을 가져 남녀 간의 허튼 정을 좇았습니다. 이제 한바탕 꿈을 통해 그것이 덧없다는 사실을 깨달았습니다. 부처님의 제자가 되고자 하니 저희들을 밝은 길로 이끌어 주세요."

그러자 대사가 말했습니다.

"부처님의 가르침은 하루아침에 깨달을 수 있는 게 아니야. 만약 머리를 깎고서 오래도록 도를 닦는다면 깨우침을 얻을 수 있겠지. 할 수 있겠느냐?"

여덟 선녀는 말없이 밖으로 나와 비단옷을 벗고 얼굴의 화장을 지웠습니다. 검은 구름 같은 머리카락을 싹둑 자르고 머리를 파랗게 밀었지요. 그러고서 다시 안으로 들어가 말했습니다.

"마음 변치 않고 가르침을 따르겠습니다."

"좋은 일이로다. 너희들 정성이 이와 같으니 어찌 감동하지 않을까."

육관대사는 높은 단 위에 올라 부처님 말씀을 하나하나 풀어내기 시작했습니다. 인간 세상의 온갖 일을 겪은 성진과 여덟 선녀에게는 그 말씀이 마음속 깊이 와 닿았지요. 흐리던 마음이 맑게 개는 것 같았습니다. 마음 깊은 곳에서 기쁨이 샘솟는 느낌이었지요.

세월이 흘렀습니다. 성진과 여덟 선녀는 어느 한 명 빠짐없이 부처님의 가르침을 받아들여 깊은 깨달음을 얻었습니다. 세상살이의 기쁨과 슬픔, 두려움과 고통을 넘어설 수 있게 되었지요.

그들은 다 함께 마음의 손을 잡고 저 멀고 텅 빈 곳으로, 그들이 생겨난 영원한 그곳으로 돌아갔습니다. 사람들이 극락이라 부르는 그곳으로요.

　오늘도 저 높은 곳에는 흰 구름이 생겨났다 사라지는데, 구름 사라진 하늘은 참 넓고 푸르기도 합니다.

129:

구운몽! 달리 말이 필요 없는 최고의 고전이에요. 조선 후기에 김만중이 귀양지에서 지은 작품이지요. 홀로 계신 어머니를 위해 하룻밤 만에 지었다는 이야기가 전해지고 있어요. 글쓴이의 마음이 온통 깃들었으니 단숨에 글을 써 나간 것이겠지요.

'구운몽'이라는 말은 무슨 뜻일까요? 아홉 구(九)와 구름 운(雲), 그리고 꿈 몽(夢). 연결하면 '아홉 구름의 꿈'이라는 뜻이 됩니다. 구름은 푸른 하늘에 문득 생겨났다가 슬그머니 사라지곤 하지요. 작가는 사람이 살아가는 일이 그와 같다고 말하고 있어요. 어디서 온지 모르게 생겨났다가 어딘지 모를 곳으로 훌쩍 사라져 가는 것이 인생이라는 말이지요. 인생이 그처럼 꿈과 같다고 해서 꿈 몽(夢) 자를 썼어요. 그렇다면 '구(九)'는 무엇을 뜻할까요? 그래요. 그것은 아홉 명이라는 숫자를 일컫는 말입니다. 성진과 팔선녀, 또는 양소유와 여덟 낭자를 합치면 아홉이 되지요.

양소유가 인연을 이룬 여덟 낭자의 이름, 다 기억할 수 있나요? 한번 꼽아 볼까요? 파릇파릇 드리운 버들을 사이에 두고 처음 만났다가 기약 없이 헤어진 소녀, 진채봉! 누각에서 열린 시 잔치에서 만나 평생을 언약한 여인, 계섬월! 소유가 여자로 변장하여 아름다운 음악을 베풀며 만난 대갓집 따님은 정경패였지요. 선녀로 꾸민 채 깊은 산속에 나타나 소유의 마음을 뒤흔든 낭자는 가춘운이었고요. 다음은 누구였나요? 남자 옷을 입고 말을 탄 채 양소유를 따른 사람, 적경홍이었어요. 이어서 난양공주, 심요연, 그리고 백능파……. 돌아보면 하나같이 놀랍고도 아름다운 인연이었습니다.

한 남자가 여덟이나 되는 여자와 인연을 맺고 함께 살다니, 어찌 이런 일이 있을까 생각할 수 있겠어요. 한 남자를 바라보며 사는 여덟 여자가 불쌍하다는 생각이 들었을지도 몰라요. 하지만 한번 이렇게 생각해 보는 건 어떨까요? 그 여덟 낭자는 양소유라는 한 남자를 보며 사는 것이 아니라 서로 마음이 통하는 친구로 어울려서 살아가는 것이라고요. 양소유까지 모두 아홉 명이 좋은 친구가 되는 셈이지요. 이렇게 많은 친구들과 함께 세상을 살아간다는 것은 참 부럽기도 합니다.

그런데 이 신기하고 아름다운 사연이 연화봉에서 성진이 꾼 하룻밤의 꿈이었다니 이건 또 무슨 일인가요. 어찌 이런 허무한

일이 다 있는지요! 이 땅에 태어나 사랑하는 사람과 인연을 이루고 나라에 큰 공을 세워 명예를 남기는 일이 정말 다 이렇게 허무한 것일까요? 그래요. 저 아득히 광활한 우주를 생각하면, 수천 수만 년의 까마득한 세월을 생각하면 우리가 잠깐 세상에 머물다 사라진다는 것은 참 부질없는 일 같기도 합니다.

인생이란 하찮고 부질없다는 것, 애써 이런저런 일을 해 봐야 다 소용없다는 것. 그것이 《구운몽》이 우리한테 전해 주는 교훈일까요? 그런 면도 있는 게 사실이에요. 하지만 찬찬히 되새겨 보면 그렇게만 볼 일이 아니에요. 양소유는 어떻게 하여 깨달음을 얻고 성진으로 돌아간 것일까요? 세상일을 밀쳐 두고서 도만 닦았던가요? 아니, 그렇지 않았어요. 그는 마음이 맞는 사람을 만나 열심히 사랑을 하고, 나라와 세상을 위해 열심히 일을 했어요.

양소유가 깨달음을 얻어 영원한 삶으로 나갈 수 있었던 것은 이처럼 그가 열심히 세상을 살았기 때문이라고 할 수 있습니다. 만약 할 일을 다하지 못하고 방황했다면 그는 영원한 삶으로 나아가지 못했을 거예요.

하지만 양소유가 하루아침에 성진으로 돌아가는 대목에서 여러분들은 아마도 무척 아깝고 아쉽다는 느낌을 가졌을 거예요. 그건 아주 당연한 일입니다. 여러분들은 이제 막 인생의 출발점에 서 있는 것이니까요. 인생을 제대로 살아 보지도 않은 채 "인생은 허무한 거야. 다 쓸데없어!" 이런 식으로 말한다면 그건 통 어울리지 않는 일이에요. 큰 꿈을 가지고서 한바탕 열심히 살아 보는 게 정답이랍니다. 그러고 나서야 인생이 허무한 것인지 또는 아름답게 빛나는 것인지 가름할 수 있지 않겠어요?

　사람들이 꿈꾸는 일이 모두 이루어지는 것은 아니에요. 하지만 꿈꾸지 않는 일이 이루어지는 법은 없답니다. 지금은 여러분이 꿈을 꾸어야 할 때에요. 큰 꿈, 아름다운 꿈, 남다른 멋진 꿈을 맘껏 꾸어 보아요. 미래는 무한한 가능성을 지니는 것! 여러분들의 앞날에 여덟 명이 아니라 여든여덟 명의 아름다운 인연이 여러분의 손길을 기다리고 있을지 또 누가 알겠어요?

상상력의 보물창고 🌐 한겨레 옛이야기

세상이 처음 생겨난 이야기 • 신화편

1. 창조의 신 소별왕 대별왕   신동흔 글 · 오승민 그림
2. 영혼의 수호신 바리공주   백승남 글 · 류준화 그림
3. 농사와 사랑의 여신 자청비   임정자 글 · 최현묵 그림
4. 사계절의 신 오늘이   유영소 글 · 한태희 그림
5. 염라국 저승사자 강림도령   송언 글 · 정문주 그림

우리 산천에 얽힌 재미난 이야기 • 전설편

11. 다자구야 들자구야 할머니   송언 글 · 조혜란 그림
12. 백두산 천지가 생겨난 이야기   박상률 글 · 이광익 그림
13. 꽃들이 들려주는 옛이야기   송언 글 · 이영경 그림
14. 선비 뱃속으로 들어간 구렁이   최성수 글 · 윤정주 그림
15. 울미 마, 울산바위야   조호상 글 · 이은천 그림

이야기로 엿보는 조상들의 꿈과 희망 • 민담편

16. 돌이 어쩌구 개구리 저쩌구   박상률 글 · 송진희 그림
17. 누군 누구야 도깨비지   조호상 글 · 정병식 그림
18. 사마장자 우마장자   송언 글 · 박철민 그림
19. 구렁덩덩 뱀신랑   원유순 글 · 이광익 그림
20. 방귀쟁이 며느리   최성수 글 · 홍선주 그림

변하지 않는 고전의 그윽한 향기 • 고전소설편

21. 허생전   장주식 글 · 조혜란 그림
22. 춘향전   신동흔 글 · 노을진 그림
23. 이생규장전   백승남 글 · 한성옥 그림
24. 전우치전   송재찬 글 · 신혜원 그림
25. 금방울전   임정자 글 · 양상용 그림
26. 장화홍련전   김회경 글 · 김윤주 그림
27. 심청전   김예선 글 · 정승희 그림
28. 토끼전   장주식 글 · 김용철 그림
29. 한중록   임정진 글 · 권문희 그림
30. 구운몽   신동흔 글 · 김종민 그림

나라를 세운 사람들의 이야기 • 건국신화편

31. 널리 세상을 이롭게 하라 고조선 건국신화   조현설 글 · 원혜영 그림
32. 나는 천제의 자손이다 고구려 건국신화   조현설 글 · 홍성찬 그림
33. 빛으로 세상을 다스리다 신라 건국신화   조현설 글 · 편형규 그림
34. 하늘이 나라를 세우라 했네 가야 건국신화   조현설 글 · 조혜원 그림
35. 동쪽 나라의 왕이 되소서 고려 건국신화   조현설 글 · 이선주 그림